SO-AXJ-594

Espiral de deseo

Jennifer Lewis

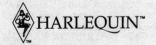

HARLEQUIN

Editado por HARLEQUIN IBÉRICA, S.A.
Hermosilla, 21
28001 Madrid

I.S.B.N.: 978-84-671-6133-5
Depósito legal: B-5586-2008
Editor responsable: Luis Pugni
Preimpresión y fotomecánica: M.T. Color & Diseño, S.L.
C/. Colquide, 6 portal 2 - 3º H. 28230 Las Rozas (Madrid)
Impresión y encuadernación: LITOGRAFÍA ROSÉS, S.A.
C/. Energía, 11. 08850 Gavá (Barcelona)
Fecha impresion para Argentina: 29.9.08
Distribuidor exclusivo para España: LOGISTA
Distribuidor para México: CODIPLYRSA
Distribuidores para Argentina: interior, BERTRAN, S.A.C. Vélez
Sársfield, 1950. Cap. Fed./ Buenos Aires y Gran Buenos Aires,
VACCARO SÁNCHEZ y Cía, S.A.
Distribuidor para Chile: DISTRIBUIDORA ALFA, S.A.

Capítulo Uno

-¿Te has vuelto loca? –dijo una profunda voz masculina retumbando en los altos muros de piedra de la vieja casa.

Lily Wharton giró la cabeza y nada más ver aquel rostro atractivo y severo, reconoció a Declan Gates.

Contuvo la risa. Debía haber imaginado que Declan obviaría los cumplidos e iría directamente al grano.

–Estoy podando los rosales. Como ves, están algo descuidados –dijo ella señalando los arbustos a su alrededor.

Había estado tan absorta ocupándose de los rosales que no había oído el coche llegar.

–Eso no explica lo que estás haciendo aquí, en el jardín de mi casa.

Su mirada agresiva la hizo estremecerse.

Su prominente mandíbula, su nariz orgullosa y sus altos pómulos apenas habían cambiado en diez años, pero aquel nuevo Declan vestía traje y llevaba el pelo peinado hacia atrás. Bajo aquella ropa, se adivinaban sus anchos hombros y su fuerte pecho.

Una intensa excitación creció en su pecho. Había vuelto.

–Llevo meses tratando de contactar contigo. Sentí la muerte de tu madre.

Él arqueó una ceja oscura.

Lily se sonrojó al saber que la había pillado en una mentira. La ciudad de Blackrock, en Maine, había sentido alivio cuando aquella bruja falleció.

–No sé cuántos mensajes te dejé. En tu oficina me dijeron que estabas en Asia, pero no me devolviste las llamadas. No podía soportar ver la casa vacía y abandonada.

–Ah, sí. Se me olvidaba que era la casa solariega de tu familia.

Los ojos de él relucieron al sol, provocando una oleada de recuerdos. Lily había luchado durante aquellos años para no caer en su hechizo, cuando el odio entre sus familias había hecho de la amistad un delito.

Todos sus sueños y el futuro de Blackrock dependían de la buena voluntad de aquel hombre. Confiaba en su innato sentido del honor y en su capacidad para distinguir el bien del mal. Pero Declan Gates nunca había sido una persona bondadosa.

Recordó el rugido del motor de su moto cuando paseaba en ella. El sonido retumbaba por toda la ciudad y resonaba en los acantilados, haciendo que la gente lo maldijera a él y a su familia.

Pero a él no le importaba. No le preocupaban cosas tan convencionales como la propiedad o los sentimientos de los demás.

La última vez que lo había visto, diez años atrás, había cruzado como un rayo el camino de entrada de su casa para llamar a su puerta. Ella había intentado deshacerse de él rápidamente, antes de que su madre llegara. Había ido para decirle que se iba de Blackrock y que nunca volvería. Y durante diez años había cumplido su palabra.

Pero ahora necesitaba algo de él.

Él reparó en su larga camisa de rayas y en el sucio pantalón que llevaba.

—No has cambiado nada, Lily.

Por el modo en que lo había dicho, Lily no estaba segura de si era un halago o un insulto.

—Tú tampoco —dijo ella tragando saliva.

—Ahí te equivocas.

Lily apretó las tijeras de podar al oír sus palabras. Diez años era mucho tiempo.

Una cosa no había cambiado. Sus ojos parecían poder seguir leyendo sus pensamientos.

Respiró hondo.

—Esta casa fue construida sobre la roca hace más de doscientos años con herramientas sencillas y sudor. Como está en lo alto del acantilado, se puede ver desde cualquier sitio. Es la imagen de la ciudad. No está bien dejar que se convierta en una ruina.

Él se quedó mirando los anchos muros de piedra.

—Esta casa estaba negra. ¿Cómo conseguiste limpiarla?

Su voz transmitía una curiosidad sincera.

—Hice limpiar el hollín que durante décadas ha estado expulsando la chimenea de carbón de la fábrica.

Él se giró para mirarla.

—¿Acaso crees que es tu deber limpiar los pecados del pasado?

—Te habría pedido permiso si me hubieras devuelto las llamadas. Blackrock se viene abajo, Declan. Pensaba que si la gente veía la casa limpia, se daría cuenta de que es posible empezar de cero –dijo ella y después de dudar unos segundos, respiró hondo y continuó–: Quiero restaurar la casa y vivir en ella. También quiero comprar la vieja fábrica.

–No están en venta.

–¿Por qué? Ya no hay nada para ti en Blackrock. La vieja fábrica lleva cerrada más de una década, no tienes familia aquí, tienes éxito y tu propia vida…

Declan se rió.

–¿Qué sabes de mi vida?

Ella parpadeó, incapaz de responder. Ciertamente no conocía a aquel extraño que tan poco se parecía al Declan serio y atento que recordaba.

–Ahora que mi madre ha muerto, ¿pretendes que la elegante y antigua saga de los Wharton regrese a su casa y así volver a convertirse en la primera familia de Blackrock?

Aquella acusación tensó sus hombros, pero no estaba dispuesta a que viejos rencores arruinaran el futuro de Blackrock.

–Ahora tengo mi propia empresa de tejidos y papeles pintados. La fábrica es el lugar perfecto para hacer los tejidos artesanales. Quiero dar empleo a la gente de Blackrock.

–Me temo que eso no va a ser posible.

–¿Por qué? ¿Qué pretendes hacer con ellas?

–Eso es asunto mío –dijo sin que su rostro transmitiera emoción alguna.

La furia y la desesperación se mezclaron al ver cómo rechazaba todos sus sueños y esperanzas.

–¿Asunto tuyo? Por lo que he leído, eres un buitre capitalista, te dedicas a comprar cosas y luego hacerlas añicos. ¿Es eso lo que tienes pensado para la casa y Blackrock?

Él arqueó una ceja.

–Ya veo que te has informado sobre mí, así que ya sabrás que la casa es mía para hacer con ella lo que quiera. Mi familia se la compró a la tuya.

–Se la quitó a la mía –lo corrigió–. Después de que mi bisabuelo se arruinara en el crac del veintinueve y se suicidara, su viuda estaba desesperada.

Había escuchado aquella historia desde la cuna.

–Y estoy seguro de que le vino muy bien todo el dinero que recibió por ese caserón.

–Dinero que tu familia ganó en el mercado negro, vendiendo armas y licor.

Declan ni se inmutó.

–Y con la chatarra. Por algo llamaban a mi bisabuelo el chatarrero Gates. Solía viajar por el país vendiéndola antes de establecerse en Blackrock –dijo con mirada divertida–. Nosotros los Gates no hemos nacido entre algodones, pero sabemos ganarnos la vida y eso es lo importante –añadió cruzándose de brazos.

–No, lo importante es la gente. La felicidad es lo que cuenta.

–¿Ah, sí? –dijo sonriendo–. Entonces, ¿por qué necesitas la casa para ser feliz?

–Porque es una preciosa casa antigua que merece la pena conservarse.

–¿Cómo lo sabes? Nunca has entrado, ni siquiera cuando éramos niños.

Ella se encogió. Tenía razón.

–Nunca me invitaste.

Su protesta sonó falsa. Ambos sabían que nunca habría entrado. Su madre se hubiera puesto hecha una furia de haber sabido que eran amigos.

–¿Has estado dentro ahora?

Su mirada entrecerrada parecía estarla acusando.

–No –contestó con sinceridad–. La puerta está cerrada y no tengo la llave.

Él se rió.

–Siempre has sido muy sincera, Lily –dijo él y su expresión se volvió dura.

–Amo esta ciudad, Declan. He pasado aquí la mayor parte de mi vida y quisiera seguir viviendo aquí también. Desde que tu madre cerró la fábrica hace diez años, no ha habido trabajo y…

Declan levantó la mano.

–Espera un momento. ¿Estás diciendo que lamentas que mi madre cerrara la fábrica? Recuerdo que lideraste una protesta contra la fábrica porque contaminaba el aire y el agua, estropeando la calidad de vida de la ciudad.

Ella tragó saliva.

–Tuvo que ser difícil que la gente se levantara contra la fábrica que tu familia poseía.

Declan se rió entre dientes. Fue un sonido frío y metálico, diferente de las risas sinceras que recordaba.

–Recuerdo un cartel que decía que las emisiones de sulfuro hacían que la ciudad oliera como el infierno y aparecía una foto mía como si el demonio fuera yo –dijo y haciendo una pausa para mirarla a los ojos, añadió–: Desde entonces, he hecho lo que he podido para estar a la altura.

Lily sintió que le ardían las mejillas . No recordaba la pancarta, pero por aquel entonces era joven y cruel, llena de ideales y energía.

—He aprendido mucho desde aquella época.

—¿Y ahora la buena reina Lily va a salvar la ciudad?

—Será algo bueno para todos. Podré vivir y llevar el negocio desde la ciudad que tanto amo, a la vez que creo puestos de trabajo.

—Una fábrica de papeles pintados no usa el mismo equipamiento que tiene la vieja fábrica.

—Formaré a los trabajadores. Pienso mantener el viejo edificio de ladrillo y rehacerlo por dentro, Me desharé de la caldera de carbón que tanto ensucia la ciudad.

—Lástima. La capa de hollín que cubre la ciudad es estupenda. La vieja ciudad de Blackrock no volverá a ser la misma —dijo señalando la parte trasera de la casa, que daba a la rosaleda.

La brillante fachada de piedra resplandeció bajo la suave luz del sol de la tarde. La casa tenía tres plantas y era un buen ejemplo de la arquitectura clásica georgiana. Sencilla y sin pretensiones, encajaba perfectamente en el entorno.

Una gran emoción la invadió al contemplar la casa restaurada.

—Está bonita, ¿verdad? Toda la ciudad vino a ayudar.

Sintió un enorme orgullo al recordar aquel día tan increíble. Cuando la gente vio lo que estaba haciendo, hombres que llevaban años sin trabajar se acercaron a ayudarla. Las mujeres llevaron sándwiches y limonada, y al final de la tarde celebraron una fiesta en la destartalada terraza, en la que brindaron con cervezas por el futuro de la ciudad.

Aquella tarde todos compartieron una ilusión, confiando en un nuevo futuro para Blackrock.

–Tenías que haberlo visto, Declan. Fue muy importante para ellos ver que la vieja casa volvía a la vida.

–Te refieres a hacer desaparecer cualquier rastro de la familia Gates que tanto odias.

Su voz sonó calmada, pero Lily vio algo extraño en su expresión, un atisbo de dolor.

Un sentimiento de culpabilidad brotó en su interior. Culpabilidad por cómo ella había traicionado su amistad. Lo había traicionado a él.

–Deseas tanto volver a tener esta casa que has olvidado su maldición. Todas esas historias de las que habla la gente son ciertas.

–Oh, tonterías –dijo ella conteniendo un escalofrío.

La casa mantenía un aspecto imponente e intimidante. Era fácil imaginarse a una princesa y a un pirata de barba negra rondando por una de aquellas habitaciones.

–No creo en esas estúpidas supersticiones, pero aunque la maldición sea cierta, tan sólo afecta a tu familia, no a la casa.

–Ah, claro. Esa antigua maldición hace que los hombres Gates se vuelvan malvados.

–Como si necesitaran ayuda para ello –dijo Lily bromeando, pero al ver que su rostro se ponía serio, tragó saliva antes de continuar–. Siento lo que les pasó a tus hermanos.

De repente sintió frío. No sabía que era exacta-

mente lo que les había pasado a los hermanos de Declan, pero habían muerto antes de cumplir los veinti-
cinco años.

–Sí –dijo él mirando al mar, con el perfil recorta-
do contra el cielo azul.

Su diabólico atractivo ensalzaba la peligrosa reputación que había tenido de adolescente y los años no
habían hecho nada por atenuarlo. Si acaso, estaba más
guapo que nunca.

–No te olvides de mi padre, muerto en un extraño
accidente de caza –dijo observándola con su mirada
glacial–. Debo de ser la oveja negra de la familia, porque he roto la estadística simplemente por estar aquí.
Soy un superviviente –y con la tensión reflejada en el
rostro, añadió–: No te librarás de mí. Nadie puede, ni
siquiera la encantadora Lily Wharton.

La encantadora Lily. Sintió un pellizco de nostal-
gia al oír la expresión con la que solía referirse a ella.
«Mi encantadora Lily».

Eso era cuando estaban juntos, solos en lo alto del
acantilado, tumbados en la hierba mirando las nubes.
O corriendo en el bosque, riendo y persiguiéndose.

Lily se mordió el carrillo ante aquella extraña mezcla de emociones. Habían estado tan unidos...

–Lo eres todo para mí, Lily –le había dicho una y
otra vez, con una expresión demasiado seria para un
muchacho tan joven.

Tragó saliva y recogió los guantes de podar de entre las espinas. Al hacerlo, se arañó el brazo y una go-
ta de sangre brotó.

–¿Te has hecho daño? –preguntó Declan frunciendo el ceño.

11

Alzó la mano hacia Lily, pero ella dio un salto como si fuera a morderla.

–¿Todavía me tienes miedo, eh? –preguntó él suavizando su expresión.

Ella tragó saliva, frotándose la muñeca.

–¿O es que temes tus sentimientos hacia mí? ¿Te parecen unos sentimientos muy primitivos para una Wharton? –añadió mirándola con los ojos entrecerrados.

Lily evitó dar un paso atrás hacia los matorrales.

Declan había dejado una importante huella en ella. Gracias a él, su juventud se había convertido en una aventura que aún estaba viva en sus recuerdos.

Él siempre había vivido la vida con más intensidad que los demás. Siempre había hecho cosas diferentes como buscar coyotes en los bosques, nadar en aguas prohibidas, escalar paredes rocosas… Pero la infancia no era eterna.

–¿Es esto de lo que tienes miedo, Lily? –preguntó señalando hacia las amenazantes espinas de las ramas que cubrían las paredes–. ¿Temes que si no cortas de raíz tus sentimientos, acabarás perdiendo el control?

Lily se mordió la lengua para evitar que sus pensamientos entraran en terrenos prohibidos.

–Estas rosas necesitan una buena poda –añadió Declan acariciando una espina–. Si no, se convertirán en una maraña y no florecerán. Pero las rosas salvajes son diferentes. Se dan en condiciones que la mayoría de las plantas no soportarían. No les importa el frío, el viento o el ambiente salino. Están ahí creciendo, independientemente de si alguien las cuida o no.

Declan dio un paso hacia ella, arrinconándola. La brisa marina le llevó su esencia masculina.

–Quizá seas una rosa salvaje, Lily –dijo ladeando la cabeza y mirándola a los ojos–. Quizá te fuera mejor si no ocultaras tus sentimientos –añadió alzando una mano como si fuera un ofrecimiento, un desafío.

Declan no esperaba que tomara su mano, por lo que una extraña sensación de esperanza lo invadió al verla bajar aquellos grandes y profundos ojos hacia su palma extendida. Había pasado mucho tiempo desde que perdiera el interés por él. Entonces, era tan sólo una cría siguiendo las órdenes de sus padres. Ahora era toda una mujer, fuerte e intrigante.

Seguía teniendo la misma piel suave, los mismos rasgos aristócratas y una mirada cálida a la vez que agresiva.

–Te agradecería que te guardaras tus opiniones para ti, Declan Gates –dijo volviendo a mirarlo a los ojos–. Mis sentimientos no son asunto tuyo –añadió sonrojándose.

Sus secas palabras lo incomodaron, pero se mostró indiferente al apartar la mano.

–No, supongo que no lo son. Y te agradecería que dejaras en paz mi propiedad.

Era fácil mostrarse frío cuando todo sentimiento había sido aplacado por las personas a las que amaba. Incluyendo la princesa de hielo que tenía frente a él.

Lily tragó saliva y se colocó un mechón de pelo detrás de la oreja. Él no sintió ningún remordimiento al verla abochornada. Sabía de sus repetidas llamadas a los números de teléfono de la oficina, pero era consciente de que ella no quería verlo. Quería algo y sólo lo podía conseguir de él.

–Puedo pagarte un precio justo por la casa –dijo ella con determinación en sus ojos color avellana–. Mi negocio va bien.

Declan lo sabía. Conocía todo sobre Home Designs, Inc, la empresa de textiles y papeles pintados de Lily.

–Ni la casa ni la fábrica están en venta –dijo él manteniendo su mirada.

Ella parpadeó sin saber qué decir.

–Claro que siempre quisiste mostrarte como la ofendida y hacerme quedar como el malvado –añadió mientras Lily miraba a su alrededor, aturdida por su abierta hostilidad–. ¿Te preocupa que alguien nos vea? No me importa quién nos oiga. Ya me conoces, Lily, nunca me ha importado lo que otros piensen. Ése ha sido siempre tu problema.

–Declan, eso no es justo –replicó ella sonrojándose.

–¿Qué no es justo? ¿Que te acuse de querer proteger tu reputación a cualquier precio o que no te dé lo que quieres?

Declan odiaba aquel deseo que crecía en su interior al mirar aquellos ojos color avellana. Por su pelo claro y su piel pálida, debería haber tenido unos ojos azules como el hielo. Sin embargo, eran cálidos como la miel y peligrosamente seductores.

–Piensa en la gente de Blackrock –dijo ella levantando la barbilla–. La ciudad volverá a la vida, Declan.

Él se quedó pensativo, aturdido al percatarse de

que la pasión que Lily ponía en lo que creía aún le afectaba. Siempre había sido una luchadora, dispuesta a defender causas perdidas o luchar contra las injusticias, sin importarle quién se cruzara en su camino. La encantadora Lily, tan inocente, dulce y amable con todos, excepto con él.

–Blackrock y los Wharton. Un reino de ensueño en la costa de Maine que tenía su propia monarquía hasta que apareció la familia Gates y lo arruinó todo –dijo entrecerrando los ojos–. Bien, pues no te desharás de nosotros tan fácilmente. Me quedo con la casa y la fábrica.

–¿Y qué vas a hacer con ellas? –preguntó Lily atravesándolo con la mirada.

Declan fijó los ojos en aquel rostro que una vez había amado con toda la pasión de su alma.

–Voy a dejar que se vengan abajo y caigan al mar, junto con todos los recuerdos que tengo de este odioso lugar.

Lily se quedó mirándolo, sin saber qué decir. Luego se giró y se alejó, tal y como Declan esperaba que hiciera. La siguió con la mirada y observó cómo atravesaba la terraza y bajaba las escaleras hacia el camino de entrada.

Después, giró la vista hacia la reluciente fachada de piedra de la casa, tan diferente y limpia de la que recordaba de su infancia. La fuerza de aquel sitio aún lo conmovía. El océano oscuro se extendía bajo el cielo gris y los profundos acantilados.

¿Cuánto tiempo hacía que no había estado allí? ¿Diez años?

Oyó el motor del coche de Lily alejándose. Ella lo

había hecho volver, siempre había tenido aquel poder sobre él.

Había sido avisado de las mejoras que Lily había llevado a cabo cuando un agente inmobiliario lo llamó para preguntarle si quería poner la casa en venta.

Tiempo atrás, le habría dado cualquier cosa, pero esta vez la encantadora Lily Wharton no se saldría con la suya.

Capítulo Dos

Lily caminaba por una acera de Manhattan haciendo sonar sus tacones. Si el dinero era lo único que le interesaba a Declan Gates, entonces con dinero lo ganaría. Él era un hombre de negocios y no diría que no a una propuesta irresistible.

Lily era una mujer práctica y no estaba dispuesta a permitir que una disputa entre familias, arruinara el futuro de Blackrock.

Incapaz de concertar una reunión, había decidido hacerle frente cara a cara. Había llamado a su oficina fingiendo haberse perdido y preguntando dónde podía recogerlo.

Se detuvo frente a la gran casa y leyó la nota que llevaba. Allí era.

Por las puertas de hierro y la fachada de piedra, aquella elegante y vieja mansión parecía la embajada de un país poderoso.

Nerviosa, apretó el timbre y se sobresaltó al ver que la puerta se abría de inmediato y aparecía un moderno mayordomo, con sus pantalones a rayas grises y negras.

–Declan Gates me ha pedido que me encuentre aquí con él.

Era increíblemente fácil mentir cuando uno deseaba algo.

–Pase, señorita.

Lily siguió a Jeeves a través del vestíbulo de mármol negro y blanco hasta un ascensor antiguo. El mayordomo apretó el botón antes de salir y luego las puertas se cerraron.

Un sonido metálico la sobresaltó al abrirse las puertas en la tercera planta, dando a una espaciosa habitación. Se sorprendió al ver dos hombres blandiendo unas brillantes espadas. Eran armas grandes y pesadas.

Las hojas de acero se agitaron en el aire, chocaron y volvieron a separarse. Unas máscaras protectoras ocultaban los rostros de dos hombres mientras giraban en una intrigante danza de elegancia y fuerza.

Sin ser advertida, Lily se quedó mirándolos unos minutos. Uno de ellos parecía estar en buena forma, moviéndose con suavidad y estilo. El otro era mucho más agresivo.

–¡Te tengo!

–Maldita sea, Gates. Se supone que has de decir *touché*.

–Como sea, lo cierto es que te he ganado. Y ya van quince veces con ésta.

–Tu técnica necesita mejorar, pero he de admitir que eres un bastardo despiadado.

–Me enorgullezco de ello.

El hombre de la izquierda se retiró el casco protector, mostrando su pelo alborotado y sus ojos claros.

Entonces la vio.

Declan trató de mantener la calma, mientras su corazón latía con fuerza por el esfuerzo realizado.

Lily Wharton estaba parada bajo el arco de entrada a la habitación. El suave sol de la tarde formaba un halo alrededor de su cabello dorado. Parecía un ángel recién llegado a la tierra.

Pero sabía que no era así y le dirigió una mirada gélida.

—¡Pero si es la encantadora Lily Wharton! ¿A qué debo el placer?

—Es difícil dar contigo, Declan.

El color de sus mejillas disimulaba su frío comportamiento.

Se quitó el casco y lo sujetó bajo el brazo, mientras la observaba. Estaba impecable y perfecta con su traje gris. En sus orejas brillaban unas pequeñas perlas, a juego con el collar que rodeaba su cuello esbelto.

—Sospecho que no has venido a admirar mis dotes de esgrima. ¿Conoces a sir Charles? —dijo señalando a su oponente.

El británico estrechó la mano de Lily y le dijo que estaba encantado de conocerla.

Lily dedicó una de sus sonrisas a sir Charles y eso irritó a Declan.

—Me alegro de que Declan no le haya alcanzado —bromeó ella.

—No será porque no lo haya intentado. Si yo fuera usted, tendría cuidado con él —dijo y se rió ante su propio comentario.

Declan tenía los ojos fijos en Lily.

–No te preocupes, Lily sabe estar *en garde*. Nos conocemos de hace mucho tiempo.

Se hizo un tenso silencio.

–Bueno, iré a cambiarme. Hasta la semana que viene, Declan –dijo Charles antes de dirigirse al ascensor.

Declan murmuró algo entre dientes, pero no apartó la vista de Lily.

Una vez se cerraron las puertas del ascensor, Lily se pasó la mano por el cabello, como si quisiera ocultarse de él.

–¿Por qué me miras así? –preguntó ella.

–Hace muchos años que no te veía. Tan sólo estaba recuperando el tiempo perdido.

Tenía el pelo revuelto por el viento, pero aun así, Declan se imaginó sintiendo su suavidad.

Lily apartó la mirada, se giró y fue hasta el gran ventanal, haciendo sonar sus tacones sobre la madera. El traje resaltaba su figura y dejaba ver unas largas piernas que podían convertirse en la obsesión de cualquier hombre.

Declan hizo girar la espada en el aire en el momento justo en el que ella se daba la vuelta. El metal brilló a la luz del sol, creando un reflejo circular sobre ella, que frunció el ceño.

–Declan, tengo que hacerte una proposición.

–Suena misterioso –dijo él bajando la espada–. Espero que tenga algo que ver con ver la luna reflejada sobre tu piel.

Ella dejó escapar un suspiro de desesperación.

–Quiero que le pongas precio a la casa.

–Ya te lo dije, no está en venta.

–Somos empresarios. Ambos sabemos que todo

tiene un precio. Evidentemente, en esta situación, tú juegas con ventaja al ser el vendedor. Pero si me das un precio… –dijo y levantó la barbilla antes de continuar–, trataré de reunir el dinero.

Él contuvo la risa. Lily estaba cometiendo los mismos errores que sus contrarios cometían antes o después. Todos pensaban que lo único que le importaba era el dinero. Giró la hoja de la espada y se quedó observando su punta.

Para él, el dinero no era lo más importante. Lo que más le gustaba era el juego, la persecución y la derrota.

Acarició la punta de la espada. No estaba lo suficientemente afilada como para hacer sangre. Al contrario que sus intensos recuerdos.

–Quizá sea el único hombre que hayas conocido que no tenga precio –dijo recorriendo su cuerpo con la mirada.

Estaba sudoroso y le resultaba fácil imaginar el calor que sentiría si pudiera arrancarle aquel traje y recorrerla con sus manos.

–Te doy cinco millones de dólares por la casa y la fábrica.

–¿Cinco millones? –repitió él y trató de no reírse.

Los agentes inmobiliarios que desde la muerte de su madre habían estado revoloteando como buitres sobre Blackrock le habían dicho que el precio de ambas propiedades rondaba los dos millones y medio en su estado actual.

–Harías lo que fuera para deshacerte de mí, ¿verdad, Lily? –dijo apretando la empuñadura y llevándose la otra mano al corazón–. Eso me duele.

–No creo que haya nada que pueda dolerte, Declan Gates –dijo Lily entrecerrando los ojos–. Tienes tantos sentimientos como esa espada que tienes entre las manos.

Declan se quedó mirando la perfección de la espada. Se enorgullecía de ser fuerte y frío, de llevar los negocios sin dejarse afectar por las emociones.

Pero entonces, ¿por qué le subía la temperatura ante la perspectiva de que Lily Wharton estuviera intentando hacer negocios con él?

Como empresario que era, debería aceptar su oferta. Pero como hombre...

La espada ardía en su mano.

–Cinco millones de dólares es mucho dinero –dijo ladeando la cabeza.

Ella se humedeció los labios, haciéndole sentir un estremecimiento de deseo.

–Sé que no es mucho dinero para ti, Declan. Pero sabes que cinco millones es un precio más que justo.

¿Justo? Nada en la vida era justo. No había sido justo que su padre muriera desangrado de una herida de bala, solo en el bosque, dejando unos hijos a cargo de una madre fría y despreocupada.

No era justo que su amada Lily lo hubiera apartado de su lado, rechazándolo y rompiendo su corazón.

Mientras fuera el dueño de aquellas propiedades, tenía una forma de mantener el control sobre ella.

–Diez millones –dijo él haciendo girar la espada.

Lily abrió los ojos como platos y se acercó a él.

–Declan, ¿hablas en serio?

–Siempre hablo en serio.

Ella se quedó pensativa.

–De acuerdo.

Declan sintió un pellizco en su interior al comprobar que estaba dispuesta a pagar diez millones de dólares para deshacerse de él para siempre. Pero no quería que los sentimientos lo traicionaran. Puso la espada bajo el brazo e hizo una reverencia. Luego, tomó su mano, se la llevó a los labios y la besó.

Una sensación de deseo lo invadió al sentir su suave piel junto a los labios. Al soltar la mano, vio un extraño brillo en los ojos de Lily, un brillo que, por un segundo, reveló que además de una empresaria, era una mujer.

Tenía una empresa pequeña y probablemente los beneficios estaban siendo reinvertidos para expandirse. Para reunir los diez millones de dólares, tendría que endeudarse o llevar a cabo una oferta pública de venta de acciones. Cada una de las dos opciones, la dejaba a merced de cualquiera.

Esta vez no permitiría que se deshiciera de él tan fácilmente.

–Estaré a la espera de tu dinero –dijo él haciendo una leve reverencia.

Como si de un cortesano de la Edad Media ante su reina se tratara, Declan comenzó a retirarse sin darle la espalda. Empezaba a disfrutar del sabor agridulce de la victoria. Si jugaba bien su baza, podía quedarse con aquella mujer, con su empresa y con la casa.

***

—A esos avaros de los Gates lo único que les preocupa es el maldito dinero —dijo la madre de Lily mientras recogía el juego de té y lo ponía en la bandeja—. Toda esa riqueza y ninguno de ellos tiene un ápice de cultura ni de educación.

Dejó la bandeja sobre la encimera de la cocina de la pequeña casa colonial que había sido el hogar familiar desde 1930.

Lily tomó el plato con los dos bollos que habían quedado.

—Pero, mamá, no puedes despreciarlos completamente. En primer lugar, con su dinero pudieron comprar nuestra casa. Puesto que soy la primera Wharton ambiciosa en la historia reciente, tenemos una oportunidad de volver a comprársela.

Siguió a su madre a la cocina y guardó los bollos en la panera.

—Sabes que admiro tus logros, Lily, y que me gustan tus diseños, pero no dejo de pensar que dedicas demasiado tiempo a los papeleos de los negocios. ¿Estás segura de que no puedes contratar a alguien para que lo haga por ti?

Su madre se puso los guantes rosas que empleaba para protegerse las manos al fregar.

Lily suspiró y cerró la panera.

—Me gustan los negocios, mamá. Por eso me metí en este mundo. Si no se me hubiera dado bien el diseño, me habría dedicado a otra cosa, como a poner trampas para ratones —dijo y se cruzó de brazos.

Como era de esperar, su madre no apartó la mirada del fregadero.

–Muy graciosa. Sé que me tienes por antigua, pero creo que es importante mantener cierto equilibrio. Los Wharton siempre se han enorgullecido de sus éxitos académicos, gracias a las becas que se les ha concedido. Con tu cabeza, podrías haber…

–Déjalo, mamá. No quiero ser profesora. Ya sabes que pienso que papá fue el hombre más maravilloso del mundo, pero no soy como él. Me gusta planear, negociar y ver crecer mi empresa.

–No creo que eso sea cosa de mujeres.

Lily respiró hondo. Aquélla se estaba convirtiendo en otra tarde de discusiones. Estaba deseando tener su propia casa en Blackrock.

–He decidido sacar a Bolsa mi compañía. Así podré obtener el dinero suficiente para comprar la casa y la fábrica.

–Pensé que le habías hecho una oferta y que la había rechazado –dijo su madre tomando un paño y comenzando a secar las tazas.

–Volví a verlo –dijo tratando de mostrarse indiferente.

Desde entonces, había tenido una extraña sensación en el estómago. Probablemente fuera ante la perspectiva de reunir los diez millones de dólares.

–Mantente alejada de él. Ese chico siempre ha traído problemas –dijo mirando a Lily a través de sus gafas.

–No le estoy pidiendo una cita, mamá. Tan sólo quiero comprar el que ha sido el hogar de nuestra familia.

–¿Y qué te dijo?

–Que vendía la casa y la fábrica por diez millones de dólares.

–¡Diez millones! ¡Eso es un robo a mano armada!

–Es mucho más de lo que valen.

–Muchísimo más.

Lily tragó saliva.

–Sí, pero para mí no tienen precio. Sin un sitio para que la gente trabaje, la ciudad desaparecerá. Blackrock está camino de convertirse en una ciudad fantasma, mamá. Nunca ha sido seguro pescar en sus aguas debido a las rocas y sin la fábrica, no habrá base económica. La mayoría de la gente con la que fui al instituto se ha mudado a Bangor, a Portland o incluso a otro estado. Nacen tan pocos niños aquí, que en unos años la escuela cerrará –dijo y respiró hondo para contener sus sentimientos–. Diez millones de dólares será un dinero bien invertido si puede abrir un nuevo capítulo en el futuro de la ciudad. Si se cuida, puede durar mil años. Si se abandona, el tejado se vendrá abajo y en unos años se convertirá en una ruina.

Su madre se quedó quieta, pero no se giró ni dijo nada. Lily sabía lo mucho que deseaba que la casa volviera a ser de la familia Wharton.

–Creo que tienes razón, querida –dijo quitando el tapón del fregadero–. Los Gates nunca se han preocupado más que por el dinero y si ése es el lenguaje que entienden, tiene sentido emplearlo. Y una vez que le compres esas propiedades, esta ciudad se deshará de la familia Gates para siempre.

–Sí –dijo Lily mordiéndose el labio inferior.

Declan le había dicho que quizá fuera una rosa salvaje. Al recordarlo, sintió un escalofrío recorriendo su espalda.

Tan sólo se había burlado de ella. Le divertía hacerlo, llevarla al límite. Para él era un juego. No le importaba más de lo que a ella le importaba él. Lo que era nada en absoluto.

Capítulo Tres

Cuando el departamento de publicidad de los grandes almacenes Macy's le preguntó a Declan si estaba dispuesto a alquilar la casa de Blackrock para la realización de un catálogo, éste se mostró de acuerdo.

Desde que viera a Lily unas semanas atrás, había estado ocupado con la compraventa de una compañía de Hong Kong, así que no había tenido tiempo de pensar en su oferta.

Su secretaria entró y le entregó una nota escrita a mano, dentro de un sobre de Macy's, que había llegado con el correo de la mañana.

Declan, la sesión fotográfica transcurrió sin problemas. ¡Esa casa es una maravilla! Los productos de Lily son preciosos. Estoy deseando volver a trabajar contigo. En breve hemos de hacer un catálogo de zapatos y ya estoy pensando en hacerlo en el suelo de pizarra del patio. Seguimos en contacto, Rosemarie.

Declan cerró con fuerza los dedos alrededor de su bolígrafo. ¿Los productos de Lily? Marcó el número que aparecía en la tarjeta, aunque ya se imaginaba de qué iba todo aquello.

Aquella tarde, Declan se dirigió en su flamante BMW plateado hacia Blackrock. ¿Es que nada paraba a aquella mujer? No tenía la llave para entrar y redecorar la casa, así que debía de haber aprovechado la presencia del equipo de Macy's.

Cambió de marcha y giró el volante, deseando que la velocidad pudiera calmar su ira. Ya se había enterado de que iba a sacar a Bolsa las acciones de su empresa. Ése era el siguiente paso de su plan para sacarlo de Blackrock de por vida.

Así que pensaba que le iba a resultar fácil apartarlo de su vida, ¿no? Bien, pues ya no era ningún niño y no se iba a dejar avasallar otra vez.

Una luz rosada bañaba la impresionante fachada de piedra al llegar a la casa, justo cuando el sol se ponía. Un coche blanco estaba allí.

Aparcó el coche y se dirigió a la puerta principal.

—¿Hola?

Su voz resonó en los suelos de piedra del vestíbulo.

Un desagradable escalofrío lo recorrió al percatarse de que hacía una década que no entraba en aquella propiedad. La última vez que había estado allí, tras encontrarse con Lily, se había dado la vuelta sin llegar a meter la llave en la cerradura.

Aquel lugar le daba escalofríos.

Cuando sus ojos se acostumbraron a la penumbra, vio un destello proveniente de la última habitación del pasillo: el antiguo cuarto de estar de su madre.

Se quedó pensativo, sintiendo una aprensión desconocida. ¿Sería cierto que la casa estaba encantada?

Atravesó el pasillo, bajo el sonido de sus pisadas.

–Dios mío, Declan, eres tú. Casi me provocas un ataque al corazón –dijo Lily apareciendo en el umbral, con la mano sobre el pecho.

Llevaba el pelo recogido en una coleta y vestía unos pantalones caqui, en lugar del elegante e impecable traje de su último encuentro.

–¿Qué estás haciendo aquí? –preguntó ella.

Él se quedó mirándola incrédulo y luego rompió a reír.

–¿Que qué estoy haciendo aquí? Es mi casa. Se supone que no deberías estar aquí hasta que te la venda.

–Estaba recogiendo después de la sesión de fotos. Ven.

Lily desapareció entrando en el cuarto de estar y le hizo una señal con la mano.

Sin decir nada, él la siguió.

Un papel claro, con un estampado de hojas azules, cubría las paredes. Unas pesadas cortinas de brocado, con un estampado amarillo y azul, colgaban junto a las enormes ventanas. El suelo de madera, que siempre había estado oculto bajo aquella vieja y raída alfombra victoriana, brillaba a la cálida luz de la lámpara.

Declan dejó escapar una maldición.

–¡Declan! –dijo Lily colocando los brazos en jarras, a pesar de que por su sonrisa, era evidente que estaba encantada de su reacción–. ¿No te gusta el contraste del amarillo y el azul con la madera?

–No puedo creer que sea la misma habitación. Pensé que la madera era mucho más oscura.

Estaba tan sorprendido que no podía evitar ser sincero.

–Estaba muy sucia, sobre todo por culpa de la chimenea. Pero después de pulirla y abrillantarla ha quedado así de bien. Creo que es madera de castaño. El carpintero hizo un trabajo exquisito. La puerta está hecha de una sola pieza, ¿no es curioso?

El techo brillaba por la reciente mano de pintura blanca y, por vez primera, Declan reparó en el dibujo geométrico del yeso.

–Ayer estaba más bonito, con todos esos muebles que trajeron de Macy´s. Se los volvieron a llevar, claro, pero no tenía sentido quitar el papel de la pared ni descolgar las cortinas, así que siguen aquí. Mira lo bonita que ha quedado esta *chaise longue* –dijo señalando el mueble, tapizado con una tela azul con motivos en color cobre.

Declan se dio cuenta de que el sillón al que se refería Lily era el que había sido el favorito de su madre. Recordaba haberlo visto siempre cubierto con enormes telas oscuras.

¿Estaba en la misma casa, en la misma habitación?

–Oh, Dios mío –dijo Lily, azorada–. Lo siento, estoy siendo insensible, ¿verdad? Sé que no os llevabais bien, pero la familia es la familia.

Los pálidos ojos de Declan recorrieron la habitación y se pasó la mano por el pelo. Estaba sorprendido.

Lily estaba tan excitada por la increíble transformación de la casa, que casi se había olvidado de que era la casa familiar de Declan, el lugar en el que había crecido. Se mordió el labio inferior. Seguramente él se sentía como los últimos Wharton que habían vivido en la casa, después de que la familia Gates se hiciera con el lugar.

Declan Gates preferiría paredes descascarilladas y ventanas sin cortinas antes que aquel agradable confort doméstico.

–No te gusta, ¿verdad?

–No –contestó él frunciendo el ceño–. Está… precioso –añadió mirando a su alrededor.

–Gracias –respondió ella tratando de no mostrarse sorprendida.

La extraña expresión de su rostro la desconcertaba. Su fría máscara parecía haberse desvanecido. De pronto sintió ganas de acercarse a él y tocarlo para tranquilizarlo. Pero no lo hizo.

–Éstos son de mi nueva línea que estará disponible en Macy´s a partir de la primavera. Creo que hemos hecho un buen trabajo y hemos conseguido que parezca hecho a mano. Estoy contenta de que hayamos hecho unas buenas fotos para la promoción. Estoy muy entusiasmada con estos nuevos productos.

Declan la miró como si no lograra entenderla. Entonces, la máscara volvió a su sitio.

–Habría cobrado más a Macy's si hubiera sabido que tú estabas detrás de todo.

–Si hubieras sabido que estaba detrás, habrías dicho que no –dijo ella cruzándose de brazos.

–Cierto. Aunque dudo que eso te hubiera detenido.

Algo brilló en sus ojos, ¿quizá fuera humor?

—¿Qué más han reformado en la casa? Estoy seguro de que no ha sido sólo una habitación.

Ella se mojó los labios y tragó saliva.

—La biblioteca, el comedor y dos de los dormitorios del piso de arriba. Las habitaciones necesarias para mostrar las diferentes colecciones.

—Me sorprende que no hayas cambiado las cerraduras.

—Le diste a Rosemarie autorización para hacer los cambios que fueran necesarios. Ella eligió las habitaciones y decidió cómo decorarlas. Yo tan sólo le facilité el material.

¿Se había pasado de la raya? Estaba muy orgullosa del aspecto que tenía ahora la vieja casa.

Declan se quedó mirándola detenidamente, con una leve sonrisa en los labios.

—Me alegro de que te ocuparas de los dormitorios. Quién sabe, quizá tenga que dormir aquí.

Lily sintió que se le encogía el corazón. Quizá ahora le gustara la casa y decidiera no venderla.

—No has dormido aquí desde que dejaste el instituto.

—No querrías hacerlo si conocieras el lugar como yo —dijo entrecerrando los ojos y dirigiéndole una mirada amenazadora.

Aquello era cierto. La primera impresión al ver la casa era escalofriante. Pero ahora que había arreglado las habitaciones y que la mayoría de las lámparas funcionaban, parecía bastante confortable. Quizá algo grande, pero…

—Seguro que no has estado en el sótano.

El tono de su voz la hizo estremecerse.

–No. Yo… –comenzó a decir y carraspeó antes de continuar–. La puerta está cerrada y la llave no estaba en el llavero que le diste a Rosemarie. ¿Qué hay ahí abajo?

Él se encogió de hombros y aquel movimiento le hizo reparar en cómo se ajustaba el traje a sus anchos hombros y su estrecha cintura. Teniendo en cuenta que pasaba sus horas libres intimidando a sus oponentes con una espada, no era de extrañar que estuviera en forma. Pero… ¿a quién le importaba? Ella no tenía ningún interés en imaginar el fuerte cuerpo que ocultaba aquella ropa.

–Nunca nos dejaron bajar a mis hermanos y a mí. Secretos, solía decir mi madre –añadió ladeando la cabeza.

–¿Qué clase de secretos? –dijo tratando de mostrarse interesada por cortesía.

–Ya sabes que a mi familia no siempre le fue bien –dijo y esbozó una misteriosa sonrisa–. Ya sabes que solíamos comerciar con armas en el mercado negro.

–Y con alcohol de contrabando.

–Sí, la vieja historia. Famosos en todo el noreste.

–¿Cuándo dejaron de hacerlo?

Declan volvió a encogerse de hombros y Lily ignoró el calor que sentía bajo el vientre.

–Supongo que dejó de ser un negocio rentable cuando terminó la prohibición. Fue entonces cuando pusieron en marcha la fábrica –dijo y le dirigió una fría mirada–. Yo que tú no bajaría a ese sótano.

–Tonterías. Hablas como si hubiera esqueletos allí abajo.

Todo era posible con Arabella Gates. La vieja bruja del acantilado era el único miembro que había conocido del clan. Sus hermanos eran mayores y habían dejado el instituto mucho antes de que ella llegara.

–¿Esqueletos? –repitió él enarcando una ceja–. Es posible. Mientras duró la prohibición, las noches de los viernes y de los sábados se organizaba una taberna clandestina. La gente se emborrachaba y se volvía loca. Solía haber peleas, ya sabes cómo son esas cosas.

–Me alegro de no tener ni idea de cómo son. Nunca me he emborrachado y tampoco me gusta la gente que no sabe controlarse.

No estaría donde estaba si hubiera pasado sus años de universidad de fiesta en fiesta. En cambio, los había pasado sentada en la biblioteca.

–Lástima.

Una incómoda sensación de indignación hizo que casi se le doblaran las rodillas, así que enderezó los hombros.

–Estás irreconocible, Declan Gates.

–Sí –dijo mirándola con sus fríos ojos azules–. Pero cuando descubras lo que hay ahí abajo, puede que cambies de opinión acerca de pagar diez millones de dólares por la casa.

Diez millones de dólares. Aquella cantidad todavía le provocaba un sudor frío.

–No creo una palabra. Ahora mismo voy a bajar.

–¿Cómo lo harás sin la llave?

Declan metió las manos en los bolsillos y se apoyó en la pared.

–Echaré la puerta abajo.

–Es madera maciza.

–Encontraré la manera.

–No dudo que lo hagas. Diviértete.

Al final, Declan tuvo que hacer casi todo el trabajo. Le llevó una hora y le hizo falta un destornillador y una botella de aceite.

–Ten cuidado o te mancharás tu bonito traje.

Lily contuvo el aliento mientras él empujaba con todo su cuerpo la puerta.

Dado que la cerradura se les resistía, desatornillaron las bisagras de hierro y echaron aceite en el escaso espacio que había entre la puerta y el marco. Lo único que quedaba era empujar la puerta engrasada y confiar en que la cerradura se hubiera aflojado lo suficiente para ceder. Pero no hubo suerte.

–Pásame esa hacha.

Lily tomó la pesada herramienta y se la dio. Luego se quedó observando cómo Declan golpeaba con el mango todo el perímetro de la puerta.

–Espero que no haya ratas ahí abajo –dijo él sonriendo–. Ya sabes, puede que estén royendo los huesos.

–Oh, para ya. Sabes que probablemente lo único que haya sea un montón de trastos viejos –dijo fijando la mirada en los músculos de su espalda, que tensaban las costuras de su elegante traje.

Una vez más, dio un empujón a la puerta. Esta vez cedió y la cerradura saltó. Declan se agarró al marco con ambas manos, mientras la puerta caía sobre la escalera de piedra.

–Ahora la puerta bloquea el paso –murmuró él.

–No te preocupes. Pasaré por encima.

Lily pasó a su lado y rozó accidentalmente la cálida piel de su mano.

Bajó las escaleras decidida, pasó junto a la puerta caída y se adentró en la oscuridad. Declan Gates podía intentar asustarla, pero no le iba a dar resultado.

–¡Ay!

Unas figuras fantasmales relucieron ante ella en la oscuridad.

–¿Estás bien?

La voz de Declan resonó en los escalones, seguida de sus pisadas al bajar.

–Sí. Algo me ha sobresaltado. ¿Hay algún interruptor de luz?

–No tengo ni idea. Nunca he estado aquí abajo.

Ahora estaba junto a ella, embriagándola con su esencia masculina. Se sintió aliviada al tener a su lado a aquel hombre fuerte. Luego, él se adentró en la oscuridad.

–¡Espérame! Es espeluznante.

–¿Qué demonios son esas cosas?

Su voz retumbó contra las paredes y suelos de piedra.

Lily vio cómo Declan dirigía la mano hacia los reflejos que la habían asustado.

–Cristal. Son botellas de cristal –dijo haciéndolo sonar con los nudillos–. Tienen líquido dentro.

–¡Qué extraño! ¿Es eso un interruptor de luz? –dijo refiriéndose a una cuerda que colgaba junto a las botellas.

Declan levantó un brazo y tiró de la cuerda. Una luz fluorescente se encendió, iluminando el enorme sótano.

–Guau. ¿Qué demonios es todo esto? –preguntó Lily mirando las filas de botellas polvorientas.

Declan comenzó a caminar por la estancia. La expresión de su rostro era imposible de descifrar. Se detuvo, sacudió la cabeza y se rió.

Era una risa tan auténtica que Lily no pudo por menos que acompañarlo, aunque no supiera el qué se lo había provocado.

Declan pasó la mano por uno de los botes con mucho cuidado, como si del cuerpo de una mujer se tratara. Aquel gesto la hizo estremecerse.

–¿Esto es todo? Pensaba que mi madre tendría gente ahorcada aquí abajo, que el suelo estaría lleno de sangre –dijo mostrando una sonrisa que hizo que Lily se quedara sin aliento–. Y lo único que estaba haciendo era usar el alambique para hacer su bebida favorita.

Él sacudió la cabeza de nuevo, se rió y se pasó la mano por la cara antes de continuar.

–Ya ves, uno cree que conoce a una persona y en realidad no es así.

Cierto. Lily se quedó asombrada mirando a un Declan Gates al que no había visto hasta entonces. Bueno, al menos no en los últimos diez años. Su rostro brillaba con simpatía.

–Supongo que éste es el alambique –añadió Declan pasando la mano por un aparato metálico–. Mira, esas botellas no parecen demasiado viejas. Hay muchos litros de ese líquido aquí.

–Debió de estar preparándolo hasta el día en que murió. ¿Qué demonios estaba haciendo con ello?

Declan hizo una mueca.

–Bebiéndoselo. Siempre llevaba una botella en el bolsillo. Digamos que era su elixir para los nervios.

Esa cosa relaja a cualquiera –dijo él y abrió una de las botellas para olerla.

–¿No lo has probado nunca?

–No. Pero ahora que lo dices no me importaría probarlo. Decían que podías beberlo toda una noche y no tener resaca al día siguiente.

Lily arrugó la nariz.

–Seguro que sabe a rayos.

–Este licor hizo que mi familia consiguiera el dinero para comprar esta casa –comentó y sus ojos brillaron bajo la luz fluorescente.

–Pareces olvidar que es ilegal –dijo ella cruzándose de brazos.

–No parece muy razonable cuando uno puede destilar su propia cerveza y vino en casa.

–El licor destilado es diferente. Un error y puedes terminar envenenado. Además de ser un gran peligro en un incendio. Toda esta habitación es un polvorín a punto de estallar.

La idea de que pudiera producirse un cortocircuito en sus diez millones de dólares de inversión la incomodaba.

–Tienes razón –dijo él borrando su sonrisa–. Este licor debe de tener un alto contenido en alcohol. Tengo que deshacerme de él –añadió frunciendo el ceño.

–Si lo tiras por el desagüe, puede que eche a perder la fosa séptica. Y si contratas a alguien para que se lo lleve, puedes acabar teniendo problemas legales.

Y eso no le iría a ella nada bien.

–Es cierto, maldita sea –dijo él volviendo a oler la botella abierta.

–Te ayudaré a sacarlo. Tiraremos el líquido al acantilado y nos desharemos de las botellas.

–¿Hablas en serio? ¿Por qué ibas a ayudarme a hacer todo eso?

–Porque tengo buen corazón –respondió ella sonriendo.

–Sí, claro. Quieres asegurarte de que nada se interpone en tu camino para sacarme de la ciudad y quedarte con este lugar.

–Puedes pensar lo que quieras, si eso te complace –dijo ella remangándose la blusa–. ¿Empezamos a trabajar?

Fue necesario que los dos levantaran una de las enormes botellas llenas para moverla. Con la puerta caída en mitad de la escalera, empezaron el complicado proceso de tomar cada una de las botellas, sacarlas de las estanterías y subirlas por la escalera. Todo el rato, se movían hombro con hombro, a escasos centímetros uno del otro.

Era imposible evitar rozar a Declan. Sus manos se encontraron en la superficie resbalosa de las enormes botellas de cristal. En ocasiones, incluso sus brazos y hombros chocaban.

La cálida brisa caldeaba el ambiente y el ejercicio hacía que su corazón latiera con fuerza. Su alta temperatura no tenía nada que ver con Declan.

–Podríamos vaciarlo aquí mismo en el patio –dijo Declan quitándose la chaqueta cuando salieron fuera para descansar–. Seguro que vendría muy bien para matar las malas hierbas, pero creo que la madre naturaleza preferiría que se diluyera con el agua del océano. Me duele sólo de pensarlo, pero creo que deberíamos cargar con las botellas hasta el acantilado. ¿No hay una escalera de piedra que baja a la cala? Mis hermanos y yo lo llamábamos la cueva del pirata. Hay muchos escalones. Será una tarea pesada. ¿Estás segura de que podrás hacerlo?

–¡Claro!

Después de quince botellas, Lily estaba agotada. Al final de la escalera, dejaron la botella en la arena y se sentó al lado. La brisa marina era una delicia en su piel sudorosa.

–Necesito un descanso. Te ayudaré a vaciarla en un momento. Déjame que recupere el aliento. Me estoy mareando.

Declan no había empezado ni a sudar, pero se sentó a su lado sin hacer comentario alguno y quitó el tapón.

Lily respiró hondo.

–Hablando de mareos, voy a probarlo antes de que se acabe todo –dijo él sacando una pequeña copa de plata de un bolsillo.

Lily reconoció aquella pieza como parte de un juego del siglo XVIII que había aparecido durante la sesión de fotos de Macy's. Debía de haberla sacado del aparador del comedor.

Declan se puso de rodillas y tomó la botella. De alguna manera, se las arregló para cargarla él solo, a pesar de que antes no había podido hacerlo. El líquido salpicó al echarlo en la copa.

–¿Puedo ofrecerte un refresco? –dijo acercándole la copa.

–No, gracias, me gusta cuidar mi estómago –respondió ella.

Estaba deseando beber algo después del esfuerzo, pero no aquel licor.

Él dio un sorbo. Entrecerró los ojos y frunció el ceño. Luego, asintió y vació la copa.

–Está bueno. Es suave y algo dulce.

Las olas rompieron contra las rocas que rodeaban la pequeña playa y el sonido del agua hizo que Lily sintiera más sed.

Declan sirvió más licor, lo agitó en la copa y lo observó.

–Siento calor en mi interior –dijo esbozando una sonrisa.

La luna iluminaba sus facciones y Lily lo miró mientras bebía.

–Ahora entiendo por qué se vendía tan bien. Es suave como la seda –añadió mientras la brisa marina revolvía su negro cabello–. Pruébalo.

–No, gracias. No suelo beber mucho. No creo que sea una buena idea –respondió sintiendo la lengua seca.

–Lo que pasa es que no quieres compartir la copa. Temes pillar algo –dijo retándola con la mirada–. Tiene sentido. Fuimos amigos hasta que te besé. Supongo que no te gustó sentir tus labios junto a los míos –añadió y vació la copa.

Lily se estremeció al oír aquella acusación.

–Te vas a emborrachar y entonces, ¿cómo vamos a sacar todas esas botellas?

–Nunca me emborracho. ¿De veras fue tan desagradable besarme? –preguntó él ladeando la cabeza.

Por un segundo, un brillo de vulnerabilidad asomó a sus ojos, haciendo que Lily sintiera que le daba un vuelco el corazón.

–No me acuerdo –respondió ella rodeándose con los brazos–. De eso hace mucho tiempo.

Pero claro que se acordaba. Aquel beso había marcado un antes y un después en su vida. Las intensas emociones que había sentido aquella noche la habían sacudido en cuerpo y alma.

Se sintió avergonzada al recordar la crueldad con la que lo había tratado, evitándolo los días siguientes. De un día para otro, su inocente amistad se había convertido en algo que supuso una amenaza en su vida tranquila.

Así que lo apartó de su vida.

–Nunca olvidaré aquel beso –dijo Declan devolviéndola al presente–. Es uno de los mejores momentos de mi vida.

Lily sintió frío, a pesar de la cálida brisa. Una parte de ella se había desvanecido al apartar a Declan de su vida. Su lado salvaje, el que buscaba aventuras y emociones, ¿había desaparecido para siempre?

–Venga, prueba un poco –dijo Declan ofreciéndole la copa–. ¡A que no te atreves!

De pronto, Lily se encontró tomando la copa y vaciándola de un trago.

Capítulo Cuatro

El fresco líquido se deslizó por la garganta seca de Lily.

–¿Está bueno, verdad? –preguntó Declan ladeando la cabeza.

La luna se reflejaba en el océano oscuro detrás de él.

Lily le devolvió la copa y se secó los labios con la mano.

–No está mal –dijo.

El atractivo rostro de Declan brilló afectuoso. De repente, su expresión le pareció tremendamente familiar, a pesar de que había transcurrido más de una década. Sus pestañas ocultaron durante un momento sus ojos mientras volvía a dar un trago. Después, le ofreció a Lily la copa.

–No, gracias –dijo poniéndose de pie, con el corazón latiendo con fuerza–. Deberíamos tirarlo.

Él también se levantó.

–La marea está bajando. Cada vez vamos a tener que caminar más –dijo levantándole la copa–. Un último trago, por los viejos tiempos. Es una sensación rara cuando algo está más dulce de lo que te imaginas –añadió y vació la copa.

Como aquel beso. De adolescente, había soñado con besar a Declan. La realidad había sido muy diferente a aquel sueño. Había sido un beso desesperado, misterioso y aterrador.

–¿Estás bien, Lily? –preguntó Declan frunciendo el ceño bajo la luz de la luna.

–Claro –respondió ella y respiró hondo–. Tiremos el contenido de ésta.

Se inclinó para tomar la botella y él hizo lo mismo.

Sus dedos se rozaron, suaves y cálidos, en contraste con la fría superficie del cristal. Ella apartó la vista de su rostro hacia el cuello, donde su camisa abierta revelaba su bronceado.

–Siguen pesando mucho, ¿verdad? Nos deben de quedar la mitad de las botellas.

–Lo conseguiremos –repuso ella con voz indiferente.

–Tan decidida como siempre, ¿verdad, Lily?

Algo en el tono de su voz le hizo levantar la mirada.

–Sí, claro –respondió tratando de mostrarse segura.

–Siempre me gustó eso de ti, que nunca te dabas por vencida y que no había nada que te desmoralizara.

Aquel beso la había dejado asustada. Había afectado a su auto control y a la confianza que tenía en sí misma. Seguramente, desde entonces no había vuelto a ser la misma.

–Soy como tú, Lily –dijo soltando la botella–. Nunca me doy por vencido.

–No nos parecemos en nada –replicó ella en voz alta y potente, tratando de convencerse a sí misma.

–¿Por qué? ¿Porque soy apasionado e imprudente? Te conozco mejor que nadie. Bajo ese halo de respetabilidad que intentas mostrar, eres tan salvaje como estos acantilados y este océano.

Lily dejó escapar un suspiro. ¿Ella salvaje? Quizá fuera tiempo atrás…

Sus zapatos se hundieron en la arena mojada y trató de mantenerse erguida. De repente, una ola los alcanzó, mojándola hasta las rodillas.

Lily se rió como una niña y soltó la botella, haciendo que Declan la soltara también y cayera al agua, que la arrastró. Por un segundo, trató de sujetarla, pero Declan la hizo detenerse.

–Déjalo, la marea es fuerte –dijo él tomándola de la mano y llevándola hasta la arena seca.

–Pero se la va a llevar.

–Y ni siquiera hemos metido un mensaje dentro –bromeó Declan divertido–. Estás temblando –añadió girándose hacia ella.

La rodeó con su brazo, tomándola de la cintura.

–Estoy mojada –dijo tratando de olvidarse de su cálido roce.

–Yo también, pero me resulta agradable.

–¿Por qué sonríes? –preguntó ella mirándolo–. Tus zapatos de piel seguramente se han estropeado y ese traje empapado que llevas parece caro.

–Me costó caro –respondió él con mirada divertida.

Todavía tenía el brazo rodeándola por la cintura y Lily respiró hondo, tratando de deshacerse de su contacto.

–Supongo que tienes todo un armario lleno de trajes.

–Así es –dijo sonriente.

De repente, la sonrisa desapareció de su rostro y se detuvo.

–¿Qué? –preguntó mirándolo.

Bajo el reflejo de la luna, vio que Declan fruncía el ceño. La expresión de su rostro era de confusión. Levantó la otra mano y le apartó un mechón de pelo de los ojos.

–Lily –susurró con voz apenas perceptible por el ruido de las olas–. Mi encantadora Lily. La mujer a la que más he querido en el mundo.

Sus palabras resonaron en la oscuridad de la noche.

–Yo también te quería, Declan –dijo ella sin pensar lo que decía.

–Lo sé. Estábamos hechos el uno para el otro.

Sin dejar de sujetarla por la cintura, tomó su barbilla y acarició sus labios. La sensación la hizo estremecerse.

–Era joven. Tenía miedo.

–Me di cuenta. Me dolió, pero supe entenderlo –dijo mirándola con sinceridad.

–Debiste de odiarme.

Sintió que le ardía la piel al recordar lo cruel que había sido con él.

–No podría odiarte nunca.

Quería decirle que lo amaba, aunque no fuera verdad.

Pero no dijo nada, puesto que Declan la atrajo hacia sí y la besó en la boca, privándola de palabras y pensamientos.

Las olas rompían contra las rocas mientras una extraña sensación la invadía. Declan la abrazó mientras sus labios se abrían y sus lenguas se encontraban.

Lily se agarró con fuerza a su camisa, deseando sentir la calidez de su piel, y dejó escapar un gemido mientras Declan continuaba besándola por el rostro.

Luego, lo estrechó entre sus brazos. Su olor masculino, mezclado con el ambiente salino, aumentaba su excitación. Sus pezones se endurecieron bajo la blusa. Lily buscó los botones de su camisa y se la abrió. Él le sacó la blusa de los pantalones y al momento sintió sus manos en la espalda. Un segundo más tarde, le desabrochó el sujetador, liberando sus pechos. Al sentir la brisa en su piel, Lily gimió.

Abrió los ojos y se sorprendió al ver que Declan los tenía cerrados. Una extraña expresión asomaba en su rostro, como si estuviera siendo transportado a otra dimensión.

Volvió a cerrar los ojos y le quitó la camisa, acariciando los músculos de sus brazos mientras lo hacía. Su pecho era fuerte y musculoso.

Aquel Declan era diferente al muchacho que conocía. Claro que ella tampoco era la chica tímida de entonces. Ahora era una mujer y nunca había sido tan consciente como en aquel momento, al hacerla tumbarse en la arena e inclinarse sobre su pecho.

Lily arqueó la espalda y sintió la húmeda arena debajo de ella, mientras gemía por las sensaciones que sus labios, dientes y lengua le producían. Tras varios intentos, logró quitarle el cinturón y alcanzar la cremallera. El deseo fue en aumento al quitarle los pantalones y los calzoncillos.

Declan le quitó la blusa y le deslizó las bragas por

las piernas hasta dejarla desnuda sobre la arena húmeda.

Luego se colocó junto a ella, tomándola por los hombros. Un mechón de pelo cayó sobre su frente y, aunque tenía los ojos abiertos, tenía la misma expresión en su rostro.

Declan buscó en el bolsillo del pantalón que estaba junto a él. Lily no se atrevía a mirar la erección que había dejado de ocultar la ropa y fijó los ojos en su pecho bronceado, mientras él abría un paquete de preservativos y se ponía uno.

Cerró los ojos de nuevo y sus pestañas negras crearon una seductora sombra en contraste con la masculinidad de sus rasgos. Se colocó sobre ella, apoyando los antebrazos en la arena y tomándola por los hombros. Aquella postura posesiva la hizo desear sentirlo dentro.

«La mujer a la que más he querido en el mundo».

Podía sentir su pasión en cada caricia y escucharla en cada respiración.

Lily levantó las caderas y él la penetró. Respirando junto a su cuello, Declan dejó escapar un sonido cargado de sentimiento. Parecía de alivio.

Ella también sintió alivio, la agradable sensación de hacer el amor con el hombre al que siempre había conocido y al que siempre había deseado.

Lo rodeó por el cuello y lo atrajo hacia sí. Él comenzó a mover las caderas, hundiéndose en ella mientras la acariciaba y le daba besos por todo el rostro.

Se movía con cuidado, respirando junto a su piel y acariciándola con suavidad. Se estaba controlando, tratándola como si fuera algo delicado.

La pasión controlada de Declan la estaba llevando al borde de la locura. Lily comenzó a mover las caderas, agitándose bajo él, suplicándole que perdiera el control.

Toda su vida había sido ella la que se había controlado, cumpliendo las normas y siendo amable. Ahora, estaba lista para dejarse llevar, para abandonar el camino seguro y lanzarse al precipicio. Si él saltaba con ella.

Declan aceptó sus suplicas silenciosas. Se hundió en ella y su respiración se volvió entrecortada, agitándose con la fuerza de su naturaleza fiera.

Lily deseaba gritar por encima del sonido de las olas. Una oleada de placer la recorrió, lanzándola a otra dimensión, como si fuera un avión rompiendo la barrera del sonido. Hundió las uñas en la espalda de Declan y se olvidó de todo: de sus planes, de sus sueños, de su trabajo, de su reputación, de sus miedos,... Se olvidó de todo, excepto de Declan y ella, allí juntos, húmedos y cubiertos de arena, como si no fueran a separarse nunca.

El orgasmo la hizo agitarse y retorcerse en la arena. Al mismo tiempo, Declan dejó escapar un gemido de placer y se agitó sobre ella.

Luego, se dejó caer sobre ella, respirando entrecortadamente.

—Lily —susurró junto a su oreja.

Ella abrió los ojos. Él los dejó cerrados mientras la abrazaba con fuerza.

Una intensa emoción la invadió al darse cuenta de que llevaba toda la vida esperando aquel momento. Declan había sido su mejor amigo y confidente, la persona con la que había compartido sus esperanzas y sus sueños.

Había abierto la puerta a un nuevo mundo de sensaciones y sentimientos que nunca antes había soñado que existieran. Pero ella había cerrado esa puerta y había salido corriendo en dirección contraria. Y ahora...

Declan rodó a un lado y la abrazó contra su pecho, haciéndola colocarse sobre él. El aire cálido de la noche besó su piel, cubriéndola de diminutos cristales de sal.

–Te he echado de menos. Nunca he estado tan unido a nadie.

–Yo tampoco. Siempre sentí que tenía una conexión especial contigo –admitió con sinceridad–. Y mentí acerca de aquel beso. Nunca lo he olvidado. Fue muy intenso.

–Y aterrador –dijo Declan colocándole un mechón de pelo tras la oreja–. Me asustó que pudiera sentir tanto por alguien.

–Éramos muy jóvenes.

–Pero nos hicimos mayores. Estuvimos en el mismo instituto durante tres años después de aquello, ¿verdad?

–Tenía miedo.

–Miedo de lo que habría pasado si hubieras cruzado al lado oscuro con el peligroso Declan. Y ahora que lo has hecho, ¿cómo te sientes?

–Bastante bien –dijo.

Ella comenzó a reírse, colocándose al lado de Declan, que también rompió a reír.

–Estás llena de arena –dijo Declan acariciándole

un muslo y mirando hacia el agua, que brillaba bajo la luna.

—Te echo una carrera —dijo ella y antes de acabar de hablar, se puso de pie y corrió hacia el agua.

Sintió un hormigueo en los pies al entrar en contacto con el agua. Oyó la respiración entrecortada de Declan detrás de ella y se estremeció al sentir sus brazos rodeándola.

—Eres preciosa —dijo hundiendo la cabeza en su pelo—. Y hueles muy bien.

Lily arqueó la espalda, apoyándose contra él. Declan le hizo darse la vuelta, hasta que quedaron uno frente al otro. Se apartó un poco y observó su cuerpo desnudo con ojos hambrientos, sin que ella se sintiera avergonzada. Nunca había sentido vergüenza estando con Declan. Con él, todo era divertido, tal y como debían ser las cosas.

Siempre eran los demás los que estaban equivocados: su madre, sus compañeras de instituto,… Toda la gente solía decirle que se mantuviera alejada de Declan Gates y de su extraña familia.

A Declan y a ella no les había importado. Mantuvieron su amistad en secreto, para que nadie más pudiera estropearla. Hasta que ella lo echó todo a perder.

—Lo siento, Declan.

—¿Por ser tan bonita? Deberías sentirlo. Puedes romper el corazón de cualquier hombre.

—Siento la manera en que me comporté. Nunca he dejado de sentir algo por ti. ¡Nunca! Pero por algún motivo, eso me volvió más cruel.

—¿Me querías tanto que querías que todo el mundo creyera que me odiabas? —preguntó él sonriendo.

–Sí, sé que no tiene sentido. Tan sólo quería protegerme.

–De mí.

–Y de mí misma. De la mujer que me hacías ser.

–La verdadera Lily –dijo rozándole el pezón izquierdo con el pulgar, mientras ella acercaba sus caderas a las de él.

¿Era aquella mujer que se movía entre las olas, desnuda bajo la luz de la luna, la verdadera Lily? Sintió una punzada de miedo en la piel.

–Mi Lily.

Su temor desapareció cuando Declan la estrechó contra él y sintió su cálida piel junto a la suya. Sus muslos se rozaban y sus senos descansaron junto a su pecho.

Declan cerró los ojos y un suave gemido escapó de sus labios.

–¿Estoy muerto? –murmuró–. Me siento en el paraíso.

–Si es así, yo también debo de estar en él.

El aire cálido de la noche la envolvió, mientras sentía el frío del agua en los pies. Demasiadas sensaciones, demasiados sentimientos contradictorios.

–Mientras estemos aquí juntos… –comenzó Declan y sus palabras se desvanecieron bajo un beso apasionado.

Volvieron a hacer el amor en la orilla, sin preocuparse del agua fría que les salpicaba.

Lily no tenía a quién dar explicaciones ni tenía que demostrar nada, tan sólo disfrutar de un nuevo universo de sensaciones.

Declan la entendía mejor que nadie, como siempre había sido. Sólo podía ser la verdadera Lily con él.

Una vez más, alcanzaron el orgasmo al mismo tiempo y se dejaron caer jadeantes sobre la arena húmeda.

La sangre de Lily fluía excitada. Nunca antes se había sentido tan enérgica y viva como en aquel momento, entre los brazos de Declan. Eso le agradó, a la vez que le preocupó.

–Te quedarás fría –dijo Declan atrayéndola hacia él.

–¿Fría? Ésta debe de ser la noche más cálida que se recuerda. Creo que nunca me he sentido tan…

–¿Excitada?

–Tan chiflada –respondió mordiéndose el labio inferior–. ¿Dónde está la ropa?

Declan se encogió de hombros. Estaba muy atractivo con su atlético cuerpo desnudo, tan sólo cubierto en parte por arena y gotas de agua salada. Formaba parte del paisaje, lo mismo que los acantilados de granito negro que los rodeaban. Era una lástima que hubiera estado ausente durante tanto tiempo.

–¿Has echado de menos Blackrock?

Declan la miró.

–No –respondió sin dudar–. Pero ahora que he vuelto, me está empezando a gustar este lugar.

Lily se apoyó en su piel cálida y se estremeció aliviada, olvidándose de sus miedos y recelos.

En aquel momento, tan sólo quería estar entre los brazos de Declan.

Capítulo Cinco

Lily se despertó y encontró a Declan observándola, con la luz de la mañana iluminando su cabello oscuro. Una gaviota voló sobre sus cabezas.

No había vuelto a casa porque se había quedado dormida, extenuada después de hacer el amor con Declan Gates. Pronto recordó todo y sintió un calor en las entrañas. Se pasó la lengua por los labios y suspiró mientras una mezcla de ansiedad y excitación se agitaba en su vientre.

–Buenos días, Lily –dijo él con voz grave pero alegre.

Lily buscó algo que decir, pero no pudo pronunciar ni una palabra. Lentamente, se dio cuenta de que se encontraba acostada sobre algo muy suave, que la envolvía con un agradable calor.

–Mantas –dijo ella.

–Traje algunas de la casa –dijo Declan con una expresión relajada que era aún más desconcertante que el despertar al aire libre.

Él estaba acostado a su lado, apoyado sobre un hombro y con sus bronceados bíceps a centímetros de su cara. Lily percibía su olor masculino. El calor de sus cuerpos se mezclaba bajo las mantas.

–Como te quedaste dormida y se te veía tan apacible no quise despertarte, así que te traje en brazos hasta este saliente –dijo él.

Lily miró a su alrededor y vio que estaban sobre una plataforma de granito, a unos tres metros sobre la playa, fuera del alcance de las olas y del rocío de su espuma.

Respiró profundamente esa brisa marina, tratando de volver en sí. Recordaba la reluciente hilera de botellas de licor destilado, el sorbo que tomó de una copa plateada… su beso.

Y el resto…

Sus recuerdos eran una mezcla salvaje de intensas sensaciones y sentimientos que todavía erizaban su piel y calentaban sus pechos y su cintura.

Ni siquiera podía culpar al alcohol por su comportamiento desinhibido, ya que sólo había tomado un trago.

–Siempre dije que eras salvaje –dijo Declan, esbozando una sonrisa que iluminaba sus ojos grises.

Ella se llevó la mano a los cabellos enmarañados y respiró hondo. Había perdido el control completamente.

Lily sintió una alarma en su cerebro. ¿Habría planeado Declan todo aquello?

Él había sido tan cortés, tan complaciente. No había protestado por la decoración que había hecho en su casa, había forzado la puerta del sótano por ella, la había ayudado a cargar las botellas sin una sola queja.

Luego, después de mirarla con aquellos ojos plateados y besarla apasionadamente, la había seducido bajo la luz de la luna y la había desnudado entre la espuma de las olas.

Esa sonrisa perversa que se dibujaba en sus arrogantes labios, la hizo hundirse en la calidez de las mantas.

–Sin arrepentimientos ahora, Lily –dijo él a modo de advertencia.

Luego estiró su musculoso brazo y acarició los labios de ella con el pulgar. La piel de Lily se estremeció al contacto, a pesar del miedo y recelo que sentía en su interior.

–He leído que vas a sacar una oferta pública de las acciones de tu compañía –dijo él entrecerrando los ojos por la luz del sol.

–Sí –dijo Lily, tras tragar saliva.

–¿Estás haciendo eso sólo para reunir el dinero necesario para comprar esta casa? –preguntó él enarcando una ceja y apartando el brazo de su lado.

–Fue una decisión estratégica para expandir mi negocio –dijo ella.

Su argumento sonaba algo estúpido.

–Ya. Pero te das cuenta de que al sacar la compañía a Bolsa serás más… vulnerable –dijo él con una sonrisa.

Lily tembló bajo la gruesa manta, sintiéndose repentinamente vulnerable en todos los sentidos posibles.

–Da un poco de miedo renunciar al control absoluto… –dijo Lily, consciente de que aquel comentario era extensible a lo que había ocurrido entre ellos.

La sonrisa de los labios de Declan se hizo más pronunciada y ella carraspeó e ignoró la rara sensación de su estómago.

–Será una experiencia nueva tener que dar cuentas a los inversores, pero quiero expandir el negocio y ésta es la mejor forma de aumentar el capital –dijo finalmente.

–Y la mejor forma de obtener la suma que pido por la casa –dijo él inclinando la cabeza y dejando caer un mechón de cabello sobre sus seductores ojos.

–Eso también. Y por la fábrica. Eso es lo más importante –dijo ella levantando la barbilla, resuelta a resistirse al coqueteo de Declan.

–Aún no comprendo por qué quieres la vieja fábrica. ¿No sería más productivo construir una nueva? –preguntó él.

–Es un lugar especial –dijo ella suavemente, algo incómoda al compartir sus sueños con alguien que podría destrozarlos bajo la palma de sus manos.

–Aún recuerdo cuando expulsaba hollín y azufre. Debes de tener una poderosa visión para los negocios.

–Así es –contestó ella.

–Tienes que explicármelo –pidió él con una expresión inocente y curiosa.

–¿Lo de la fábrica o lo que quiero hacer allí? –preguntó Lily, a quien la ansiedad le tensaba los músculos.

–Las dos cosas. Creo que podría ser educativo para mí –respondió él con la cabeza aún inclinada.

–Está bien –dijo ella tratando de no fruncir el ceño.

Declan evitó ducharse con Lily, aunque la idea del agua caliente deslizándose por esa suave piel lo excitó una vez más. Se limitó a escuchar desde la habitación contigua y a imaginar el agua cayendo sobre el curvilíneo cuerpo de Lily.

Lo había logrado. Había seducido a Lily Wharton.

Aunque llamarlo seducción era una exageración. Ella le había quitado la ropa y le había hecho el amor con una ferocidad que nunca había imaginado.

Declan respiró profundamente y sacudió los hombros para aliviar la tensión que le subía por la espalda.

Hacer el amor con Lily Wharton debería haber sido el momento cumbre de su vida, la realización de todas sus fantasías juveniles, el final de una era.

Pero en lugar de eso se sentía peligrosamente como si fuera el principio.

Salió de la cama y se puso los pantalones que había llevado del coche.

Eso no era un comienzo, era un final. El deseo más profundo de Lily era recuperar la parte que él poseía de Blackrock. Lo más seguro era que coquetear con él en las olas fuera parte del astuto plan que ella tenía ideado.

¿Cuán lejos iría ella para conseguir lo que buscaba? Ya había observado que la determinación de aquella mujer no conocía límites.

Excepto tal vez los suyos.

–Ahora, si nos encontramos con mi madre, recuerda que le dije por teléfono que conduje hasta Bangor y pasé allí la noche, ¿de acuerdo? –dijo Lily sacudiéndose el pelo mientras salían fuera.

Declan reprimió una sonrisa.

–Un pequeño subterfugio sólo hará nuestro peligroso vínculo más excitante –dijo él abriendo la puerta del acompañante de su coche, imaginándose las largas y delgadas piernas de Lily deslizándose dentro del vehículo y mostrando sus exquisitas curvas sobre los asientos de cuero.

–No, yo iré en mi propio automóvil –dijo ella señalando un coche blanco y oxidado aparcado junto al suyo.

Declan enarcó una ceja.

–Nunca quisiste ir conmigo en mi moto, pero estoy seguro de que este coche es suficiente incluso para la Reina Lily –dijo él, admirando la plateada perfección de su nuevo coche de lujo.

–Será mejor, de verdad. Éste es el coche de mi madre. Tengo que devolvérselo en casa. Además, después de parar en la fábrica, cada uno nos iremos por nuestro lado. Normalmente vengo en tren, así que cuando estoy aquí me deja usar su coche –dijo Lily abriendo la enorme y anticuada puerta del vehículo.

–Bien –dijo él, maldiciendo su deseo de querer presumir de su nuevo coche.

Como si a Lily le importase.

Ella debía de tener varios millones en activos no líquidos, pero estaba tan segura de sí misma que no le avergonzaba en lo más mínimo conducir aquel viejo trasto. Y le gustaba eso de ella.

Declan cerró la puerta de un portazo. Lily se aproximaba ya a la puerta de entrada con su coche y ni siquiera había mirado atrás.

Él se agarró con fuerza al volante. Tal vez ella no quisiera que la vieran con él para evitar que las malas lenguas hablaran.

A Declan le habría encantado que la gente los viera juntos. Ésa habría sido una dulce venganza por todas las veces que lo había tratado como a un extraño.

¿Y si la gente supiese que Lily había estado desnuda a la luz de la luna gimiendo por él, entre la espuma de las olas?

Declan sonrió con malicia. Tenía a Lily justo donde quería.

Tal y como sospechaba, Lily abrió las puertas de la fábrica y le hizo meter el coche dentro, donde nadie pudiera verlo.

Él salió del automóvil y observó el patio cercado por altos muros de ladrillo.

–¿Cómo conseguiste las llaves?

–Phil Lamont tenía una. Era el vigilante nocturno –respondió ella.

Era evidente que Lily tenía a todo Blackrock metido en el bolsillo y cualquier cosa que ella necesitara estaba a su disposición.

–¿Entonces te las dio así, sin más? –dijo él cruzándose de brazos.

Ella miró hacia arriba y contempló el edificio.

–¿Por qué no? Como si hubiera algo que robar aquí –dijo Lily sin mirarlo.

Luego comenzó a caminar, pisando trozos de ladrillo roto y partes de maquinaria vieja y oxidada.

Declan sacudió la cabeza y la siguió con sus zapatos italianos, que aún seguían medio mojados.

Lily abrió el cerrojo de las grandes puertas de madera que daban paso a la fábrica.

–Aquí es donde solían traer los troncos –dijo ella.

–Lo sé. Era de mi familia –replicó él

–Lo sé, pero tú nunca trabajaste aquí, ¿verdad? –preguntó ella.

–Por supuesto que no –respondió Declan.

Lily frunció los labios, molesta por su arrogante respuesta.

–¿A quién pretendes engañar, señorita Wharton? Tampoco trabajaste aquí. Cuando tuvimos edad suficiente para trabajar, ambos estábamos estudiando finanzas –comentó él y ella sonrió.

–Es verdad, pero mira –dijo Lily señalando hacia arriba.

Los ventanales superiores estaban tan sucios que era imposible ver nada a través de ellos.

–Piensa cuanto sol puede entrar a través de esas ventanas. Apenas se necesitaría luz eléctrica. Quiero que esta fábrica sea un modelo sobre cómo llevar un negocio a nivel integral. Todo lo que se produzca aquí, será hecho y tratado a mano, con materiales completamente orgánicos, el papel, la tinta… –dijo ella entusiasmada, pero él la interrumpió.

–Aún huele mal aquí –sentenció Declan arrugando la nariz al percibir el olor a azufre que aún había en el lugar.

–Una vez que me deshaga de la maquinaria y limpie todo… –dijo Lily.

–Tú ya tienes práctica en eso. Nunca había reparado en lo grande que era este lugar. Supongo que parecía más pequeño cuando estaba rebosante de actividad –dijo él alzando la vista, una vez dentro.

–¿No sería maravilloso verlo renacer de nuevo? ¿Ver

a gente trabajando, creando productos de calidad en un ambiente de trabajo agradable? –dijo ella–. Aquí, donde está ahora la trituradora, quiero crear una zona para que el personal descanse, pueda comer,…

–Y para componer música clásica con instrumentos artesanales –bromeó él, sin poder reprimirse.

Ella entrecerró los ojos y se cruzó de brazos.

–Sí, si así lo quieren. No tienes por qué ser irónico –dijo, para luego inclinarse a apartar algunos escombros a sus pies.

Declan disfrutó de la curva de su trasero.

–Este suelo está hecho de tablones de acacia negra, de cinco centímetros de grosor. Imagina cómo quedará cuando esté lijado y pulido –dijo Lily.

–¿Un suelo de madera en una fábrica que producía pasta para papel? Es un milagro que no lo hicieran pasar por la trituradora –dijo él.

–Un verdadero milagro ¿verdad? Esta fábrica fue hecha originariamente para elaborar corsés de hueso de ballena, ¿lo puedes creer? Tuvo diferentes usos en su época. Es un lugar especial, ¿puedes sentirlo? –preguntó ella con sus brillantes ojos marrones fijos en los de él.

Un cosquilleo recorrió la piel de Declan, que trató de resistirse a la intensa energía de la formidable Lily Wharton.

Una luz dorada se filtraba desde lo alto, a través de los viejos y astillados ventanales, derramando un alegre resplandor sobre los viejos muros de ladrillo.

–Sí, claro que puedo sentirlo.

–Seguramente, esta fábrica fue la razón por la cual la ciudad creció –dijo ella.

—Y tú vas a transformarla en el centro neurálgico de Blackrock una vez más —dijo él.

—Puedes burlarte de mí, no me importa. Siempre y cuando me la vendas —dijo ella frotándose las manos en el pantalón para quitarse el polvo.

Luego se dirigió hacia la puerta, caminando sobre los escombros como si fuera un ángel levitando.

Declan sacudió la cabeza. Lily tenía razón. Ese lugar podía ser espectacular, así como su idea de crear puestos de trabajo para los habitantes de la ciudad, que tenían fama de ser empleados leales y muy trabajadores.

¿Por qué tenía que ser tan perfecta? Hermosa, inteligente y tan feroz e implacable como una tormenta. Declan pensó que, muy a su pesar, hasta podría llegar a enamorarse de una mujer así. Pero no estaba dispuesto a que eso ocurriera.

Cuando salió fuera, Lily ya estaba entrando en su vehículo.

—¿Ya nos vamos? Hace diez años que no vengo a Blackrock. ¿No me mostrarás la ciudad? Me gustaría ver cómo ha cambiado.

—No creo que haya cambiado casi nada —dijo Lily, algo nerviosa.

—¿No quieres que te vean caminando por las calles con Declan Gates? —dijo él observándola con los ojos entrecerrados.

—No seas ridículo —objetó ella.

—Entonces, ¿por qué no? Es sábado. No puedes tener prisa por volver al trabajo —dijo él.

–Tengo muchas cosas que hacer –repuso ella colocándose un mechón de cabello tras la oreja.

–¿Tantas cosas que no puedes dedicar media hora a un viejo amigo? –dijo él fingiendo una amigable sonrisa.

–Bueno, supongo que puedo dedicarte unos minutos, aunque no creo que llegues a ver nada de tu interés –respondió Lily y respiró hondo.

–Seguro que sí –dijo él bajando la mirada para observar sus pechos, que se movían al ritmo de su respiración.

Sabía cuán deprisa esos pezones podían endurecerse al contacto de sus manos.

Lily le preguntó hacia dónde quería ir.

–¿Por qué no al instituto? Creo que nunca fuimos allí juntos –dijo él observándola y esperando su reacción.

Observó cómo Lily se sobresaltaba. El deseo de incomodarla desapareció al enfrentarse a la dolorosa verdad de que aún no quería ir allí con él. Lo que le hacía estar más decidido.

–Vamos –dijo él ofreciéndole su brazo.

Lily miró hacia la calle. No había nadie alrededor.

Declan seguía ofreciéndole el brazo y Lily lo tomó a regañadientes. Él comenzó a caminar con paso decidido, dispuesto a disfrutar del momento. Las largas piernas de Lily mantenían su ritmo al caminar por la acera.

Declan había estado seguro de que nunca más volvería a ver la ciudad. Al menos jamás se hubiera imaginado que volvería a estar allí, dándole el brazo a Lily Wharton y caminando con ella por la calle principal en pleno día.

Doblaron en la calle Draper y vieron el edificio de ladrillos claros del instituto de Blackrock.

—La nueva escuela —dijo él disfrutando de lo extraño de la situación.

Aquel edificio había sido reconstruido en los años cincuenta ante el incremento de los nacimientos en Blackrock, y se había quedado con aquel nombre.

Dos mujeres mayores con sus carros de hacer la compra doblaron la esquina y una de ellas saludó a Lily con la mano. La otra forzó la vista para reconocer al hombre que caminaba a su lado.

Declan sintió cómo el brazo de Lily se tensaba al ver que las señoras se acercaban.

—Señora Ramsay, ¿cómo está su tobillo hoy? —preguntó Lily.

—Recuperándose, gracias, Lily... ¿No vas a presentarnos a tu amigo? —dijo la señora, que no había apartado los ojos de Declan ni un segundo.

Lily se aclaró la garganta.

—Seguro que no necesitan que se lo presente. ¿Recuerdan a Declan Gates? —dijo con una voz que titubeó al pronunciar su nombre.

La sonrisa de la mujer desapareció y se llevó una mano a la boca.

—Pensé que estaba muerto. Disculpe mis modales, pero ha estado ausente tanto tiempo...

—Me temo que no, a pesar de la ilusión que eso hubiera causado —ironizó él con una agradable sonrisa.

Pronto sintió la mirada de Lily penetrándolo y decidió cambiar de táctica. Miró a la segunda mujer, quien estaba exactamente igual que hacía diez años, con el mismo gesto de desaprobación.

–Hola, señora Miller. Yo solía comprar repuestos para mi bicicleta en el taller de su marido. ¿Cómo está? –preguntó Declan.

–Murió de un infarto hace tres años –contestó la mujer.

–Lamento escuchar eso. Ese hombre fue un gran mentor para mí –dijo él.

–Estoy segura –dijo la señora Miller, y su boca se transformó en una línea recta.

Declan luchó por mantenerse firme ante el incómodo silencio que se hizo entre ellos.

–Me alegro de que su tobillo vaya mejor. Nos vamos a ver la escuela –añadió Lily con voz firme.

–Cada vez hay menos niños. No sé cuánto tiempo más permanecerá abierta. Con eso de que la fábrica esté cerrada… –dijo la mujer y se quedó en silencio unos segundos con la mirada perdida–. Bueno, debo irme, tengo que ir a hacer unas compras –dijo finalmente la señora Ramsay.

–Sí, claro, me alegro de haberla visto –dijo Lily inclinando gentilmente la cabeza.

Declan se quedó mirando cómo se alejaban.

–Estoy impresionado de que siguieras tomándome del brazo –dijo él una vez que las mujeres estuvieron a una buena distancia.

–¿Por qué no habría de hacerlo? –preguntó ella dirigiéndole una intensa mirada.

–Las malas lenguas tendrán de qué hablar –dijo él relamiéndose.

Lily miró hacia otro lado.

–Te sorprendería descubrir que las personas tienen cosas más interesantes en las que pensar que en tu vuelta a la ciudad. No sé qué les pasaba a esas dos mujeres, suelen ser muy agradables –dijo ella.

Declan sabía exactamente lo que les pasaba. El problema era él. Era una pena que el viejo señor Miller hubiera muerto. Era una de las pocas personas de la ciudad con la que podía mantener una conversación.

Un hombre alto y delgado, vestido de negro, se aproximaba a ellos por la acera. Declan lo reconoció enseguida. Era el párroco local, quien siempre había intentado involucrar a su madre en alguna actividad benéfica, sin lograr éxito alguno.

–Hola, reverendo. ¿Cómo van las cosas con la venta benéfica en la iglesia? –preguntó Lily una vez que estuvieron frente a frente.

Los ojos del reverendo Peake se abrieron enormemente al ver a Declan.

–Bien, bien, debo irme –dijo el hombre acelerando el paso y alejándose de ellos.

–¿Me necesita para…? –comenzó Lily, pero el hombre no se detuvo–. Qué extraño.

–Tú no estás acostumbrada –dijo Declan.

–¿A qué te refieres? –preguntó ella.

–A tratar con Declan Gates. No se atreven a insultarme porque mi familia era muy poderosa. No quieren morder la mano que les da de comer. Todos se alejan de mí como si fuera a morderlos, como si yo fuera un demonio en esta comunidad. No finjas que es una sorpresa para ti. Tú solías tratarme de igual manera –dijo él observando cómo se alejaba el reverendo por la empinada y angosta calle.

Lily se detuvo y soltó su brazo. Sus grandes ojos color avellana lo observaron con tanta intensidad que tuvo que cambiar de posición.

Entonces ella dio media vuelta y se quedó mirando sobre los tejados, hacia el brillante océano. Cuando volvió a mirarlo, su expresión era decidida.

—Tienes razón. Estoy avergonzada —dijo con las mejillas sonrojadas, observando la calle arriba y abajo.

—Les seguiste el juego. Una parte de ti quería aceptar lo que tus padres y amigos te decían. Aun conociéndome, conociéndome de veras, aun así necesitabas creer que la malvada familia Gates estaba destrozando tu preciosa Blackrock. Que los peligrosos y salvajes hermanos Gates amenazaban la virginidad de todas las chicas de la ciudad. Tal vez había algo de verdad en ello, teniendo en cuenta los rumores que circulaban —dijo él dejando escapar una sonrisa irónica y ocultando la ira que lo embargaba al recordar como él y sus hermanos habían sido tratados.

No era raro que fantaseara entonces con la idea de la casa y la ciudad hundiéndose bajo el océano.

Una mujer que empujaba un cochecito de bebé, los miró mientras avanzaba por la acera opuesta a la de ellos.

Declan la reconoció: era una de sus antiguas compañeras de clase. Ella lo miró con los ojos entornados y luego se quedó boquiabierta.

Declan alzó la mano, pero más a modo de desafío que de saludo amigable. La mujer cerró la boca y prosiguió su camino con paso acelerado.

—¡Enma! —gritó Lily, pero su antigua compañera ya había desaparecido tras la primera esquina.

–Debe de haber sido horrible para ti –dijo Lily mirándolo con sus ojos brillantes.

–Bueno, uno acaba acostumbrándose, ¿sabes? –dijo él encogiéndose de hombros y deseando que los malos recuerdos no se adivinaran en su rostro.

–Me siento fatal –dijo Lily pasándose una mano por el pelo.

–Sentirse culpable es una pérdida de tiempo. Lo que ocurrió es agua pasada. Quizá hoy no tendría tanto éxito si hubiera tenido una infancia feliz.

–Tengo que confesarte una cosa. No sé si es una buena idea decirte esto. Tal vez no lo sea, pero siento que debo hacerlo. Yo comencé uno de los rumores sobre ti –dijo Lily enrojeciendo.

Miró a cada lado de la calle y luego lo observó fijamente.

–Espero que fuera uno de los buenos –repuso él mirándola con cara de póquer.

Lily respiró profundamente.

–¿Recuerdas aquel escándalo acerca de que habías dejado a una chica embarazada? –preguntó ella.

–Sí, claro. Creo que lo leí en una de las paredes de los vestuarios, entre otros lugares –respondió él, introduciendo sus inquietas manos en los bolsillos y decidido a no sentir nada en absoluto.

–Fue culpa mía. Mi madre había comenzado a sospechar que había algo entre nosotros. Fue justo después de que me besaras. Ella me acusó de ser… muy cariñosa contigo. Yo le… le dije que eran tonterías y me inventé ese rumor para hacerla creer que te odiaba –dijo Lily retorciéndose las manos. Declan sintió que se le encogía el corazón.

–¿A quién demonios iba a dejar embarazada yo cuando no había una sola chica en Blackrock que se acercara a menos de veinte pasos de mí? –dijo él no pudiendo evitar el ataque de ira que le calentaba la sangre.

–Fue algo estúpido y desconsiderado. Fue lo primero que se me ocurrió. No pensaba que fuera a convertirse en un rumor. Lo siento mucho –dijo Lily.

–Sólo había una chica a la que yo deseaba –dijo él con ironía.

Los ojos de ella se llenaron de lágrimas.

–Lo sé, lo sé… Pero pudiste haber negado el rumor. ¿Por qué no lo negaste nunca? –preguntó Lily bajando la voz.

–¿Crees que alguien me habría creído si lo hubiese negado?

Una gaviota gritó en lo alto y Lily se secó los ojos con la mano.

Declan se quedó impasible. Sentía un fuerte deseo de reconfortarla, pero ese deseo era contrarrestado por la desconfianza y el profundo dolor de que hubiera sido ella quien inventara el rumor que había ensuciado su nombre.

Ella había erigido su escandalosa reputación como si fuera un muro entre ellos y había seguido el odioso ejemplo de su familia al rechazarlo.

–Tal vez no deberías habérmelo dicho, Lily –dijo él sacudiendo la cabeza.

–¿Aun así me venderás la fábrica y la casa, verdad? ¿No dejarás que te afecte el rencor después de tantos años? –preguntó ella penetrándolo con la mirada de los ojos aún bañados en lágrimas.

–De eso se trata todo, ¿no es verdad? No quieres que nada interfiera en tu plan, del mismo modo en que no quisiste disgustar a nadie siendo amiga de un Gates o arriesgar tu cómodo estatus besando al peligroso Declan.

Luego caminó hacia ella. Sintió el olor de Lily, su esencia natural, tan parecida a la de las flores después de la lluvia.

–¿Y qué pensaría la buena gente de Blackrock si supiera que te entregaste a mí la pasada noche, desnuda entre la espuma de las olas? –dijo él hablando en voz baja para mantener la conversación en privado.

–Los dos nos dejamos llevar –dijo ella levantando la barbilla.

–Tal vez tú te dejaste llevar, mi dulce Lily. Yo no. Mi gran plan es un poco diferente al tuyo –dijo él entrecerrando los ojos y conteniendo una carcajada.

Declan pudo observar el pánico en los ojos de Lily. Le fastidiaba profundamente lo poco que ella confiaba en él, aun siendo ésa su intención.

–No te preocupes, Lily, aun así te venderé la casa –dijo él.

–Gracias, Declan –dijo ella con una expresión de alivio en su bello rostro.

Las palabras sonaron como maná caído del cielo al salir de sus suaves labios rosados. Declan se mostró firme ante el encanto de la única mujer que podía destrozar todas sus defensas.

–No me lo agradezcas aún. No bajaré el precio. Se queda en diez millones de dólares –dijo él con la cabeza bien alta.

Después dio media vuelta y se encaminó al coche.

Seguramente, Lily se sentiría aliviada de librarse de su incómoda presencia.

Se había sentido tentado de decirle que retozar con él en la orilla no le había servido de nada para acercarla a su objetivo de recuperar Blackrock, lo que hubiera confirmado la opinión de Lily de que no tenía ni una pizca de decencia.

Por supuesto, ella había estado en lo cierto.

Si Blackrock se viniera abajo y se hundiese en el mar, no lo lamentaría en absoluto.

Capítulo Seis

El corazón de Lily casi se detuvo al ver el titular del periódico *Blackrock Courier. Textilecom hace una oferta por la fábrica Gates.*

Tomó el periódico de manos de su madre y lo dejó sobre la mesa del desayuno.

El gigante de la industria, con sede en Ohio, tiene planeado comprar la abandonada estructura victoriana ubicada en la calle Comercial. Un portavoz de Textilecom confirmó el interés de la compañía por la antigua fábrica.

Lily leyó la noticia sin poder creérsela.

–No lo entiendo. ¿Por qué querría una de las empresas textiles más importantes del mundo hacerse con mis planes para comprar ese lugar? Probablemente me consideren un rival de muy poca importancia. Pero ¿cómo es que conocen Blackrock? –preguntó Lily a su madre.

–No me gusta hablar de la gente a sus espaldas. Pero cuando me dijiste que Declan Gates estaba aquí de nuevo, te advertí de que nada bueno podía resultar de ello –dijo su madre levantándose de la mesa con una taza de café en la mano.

–¿Tú crees que Declan acudió a ellos para desper-tar su interés por la fábrica? –preguntó Lily reclinán-dose en su silla. Su madre se encogió de hombros.

–Tal vez cuando vio que tú estabas interesada de-cidió acudir a la competencia para ver si podía subir el precio –dijo su madre sirviéndose otra taza de café.

–Declan no haría eso –objetó Lily.

¿Acaso él no le había dicho que no se preocupara, que le vendería la fábrica a pesar de todo? La mirada de los ojos de Declan aquel día, extrañamente vulne-rable, le dio a entender que decía la verdad.

–No me digas que crees lo que dice ese impresen-table. Cuando Rita Miller me dijo que te había visto con él en la ciudad, agarrados del brazo, no podía creer lo que oía. Tú misma me dijiste que ese mu-chacho no tenía escrúpulos, que él… –dijo su madre, haciendo una pausa para dar un sorbo de café.

–¿Que él qué, mamá? –preguntó Lily con el estó-mago hecho un nudo.

Conocía la respuesta.

Todavía no se había atrevido a decirle a nadie que ella se había inventado aquella mentira. Quizá temía que lo siguiente que dijera fuera que había hecho el amor con él bajo la luz de la luna. Aunque, ¿por qué sentía que debía mantener aquel encuentro en secreto?

–Me dijiste que Declan Gates sedujo a una joven-cita –dijo su madre enarcando una fina ceja gris.

–No es verdad. Declan siempre fue un perfecto ca-ballero. Voy a decirte la verdad, yo me inventé esa his-toria. La inventé porque Declan y yo éramos amigos, mamá. Tuve que mantener nuestra amistad en secre-to –dijo Lily.

Su madre la miró a los ojos. Había dejado caer los cubiertos sobre el plato al escuchar la confesión.

–Siempre sospeché algo, pero lo negaste.

–Tú me pusiste en una encrucijada –dijo Lily.

–Me mentiste –declaró su madre.

Lily se humedeció los labios y respiró hondo.

–Sí y me avergüenzo de ello. Me indigna que mi cobardía haya lastimado a Declan y no voy a seguir mintiendo –dijo Lily.

–Sabía que te escapabas a escondidas de casa después de las clases. ¿Alguna vez tuviste sexo con Declan Gates? –preguntó su madre con los ojos entrecerrados.

–¡No! –respondió rápidamente Lily, decidida a defender la reputación de Declan.

Luego su rostro se enrojeció al darse cuenta de que acababa de decir otra mentira.

–Nunca hice nada con él en aquel entonces. Y él nunca trató de hacer nada conmigo. Yo lo trataba muy mal –dijo Lily levantándose de la mesa, con el corazón latiendo con fuerza.

–Y al parecer, ahora ha decidido tomarse la revancha –dijo su madre con la vista puesta en el periódico.

Lily frunció el ceño. ¿Revancha? ¿Era posible?

Las palabras de Declan hicieron eco en su cabeza. Le había dicho que el plan que tenía era un poco diferente al de ella.

Tal vez incluso hacer el amor con ella había sido parte de…

No, su mente no podía siquiera hacerse a la idea de que él la hubiera seducido sólo por despecho. Su encuentro amoroso había sido tierno y delicado, extraño, sí, pero anhelado, sincero y hermoso.

–Lily, te has quedado muy pálida. Tienes que dejar de trabajar tanto –dijo su madre, a quien Lily había olvidado por completo con sus divagaciones.

–Estoy bien. Tengo que ir a averiguar qué está pasando con esto de Textilecom. Son famosos por pagar sueldos miserables y explotar a sus empleados. Su llegada podría ser desastrosa para Blackrock –dijo Lily.

–Primero, creo que deberías leer el resto del artículo. Podría disipar cualquier idea romántica que aún mantuvieras sobre tu viejo amigo Declan Gates –dijo su madre.

Al final de la semana siguiente, Lily volvió a tomar el viejo coche blanco para ir a la casa. Había visto luz en una de las ventanas, lo que sólo podía significar una cosa: Declan estaba allí.

Lily había tratado de contactar con él durante la semana, pero le habían dicho por teléfono que estaba de viaje en Asia. Después de una semana tratando con los clientes, los vendedores y los asesores comerciales para preparar la venta de las acciones de su compañía sin saber nada de Declan, tenía los nervios a flor de piel.

El artículo del periódico de Blackrock resaltaba el meteórico ascenso empresarial de Declan, describiéndolo como un inversor sin escrúpulos que sabía ver potencial y beneficios donde nadie más los veía. Había hecho su primera fortuna hurgando en las ruinas de las empresas tecnológicas. Había incrementado sus beneficios haciéndose con compañías debilitadas, desmantelándolas para venderlas por partes, generalmente a un competidor.

Lily aparcó sobre la gravilla junto a la entrada.

¿Planeaba destruir su compañía y venderla por partes como había hecho con First Electronics, Lang Semiconductor y todas las demás? La mayor parte de su actividad en el mundo de los negocios la realizaba en Asia, lo que explicaba por qué todo cuanto leía acerca de los negocios de Declan era nuevo para Lily.

Después del sorprendente artículo acerca de Declan y de sus planes de vender sus propiedades a Textilecom, Lily había llamado al *Blackrock Courier* y le había concedido al editor del periódico una entrevista acerca de sus metas.

El editor, residente en la ciudad durante años, había tratado de lograr que Lily dijera algo desagradable sobre Declan, y ella había hecho exactamente lo contrario.

—Estoy segura de que quiere lo mejor para la ciudad.

Por extraño que fuera, no quería que alguien nuevo en la ciudad odiara a Declan por cosas que ella hubiera dicho sobre él.

La insistencia por parte de Lily de que sería ella, y no Textilecom, quien compraría la fábrica Blackrock se había tornado en una disputa al estilo del Viejo Oeste en algunos blogs de negocios, y para el miércoles la historia había llegado al *New York Times* y al *Wall Street Journal*.

La situación, incluyendo el futuro de Blackrock, estaba en manos de Declan y él ni se había molestado en devolver sus llamadas. Aunque, al parecer y según se comentaba en la ciudad, había decidido ir a pasar el fin de semana allí.

Lily respiró profundamente, tratando de calmar sus nervios. Se miró en el espejo y se atusó el cabello. Nada más empezar a salir del coche, la gran puerta de entrada de la casa se abrió de par en par. Comenzaba a oscurecer.

–Sabía que vendrías –dijo Declan.

–Lamento ser tan previsible. Pero parece que es imposible comunicarse contigo por teléfono –dijo ella cerrando la puerta del automóvil y caminando hacia la casa.

–No podía hablar contigo por teléfono, Lily. Eres demasiado peligrosa. Me envolverías con esas hábiles palabras tuyas. Te necesito cerca, donde pueda sentirte –dijo Declan apartándose apenas del marco de la puerta en un gesto que la invitaba a entrar.

Ella reparó en el brillo de sus ojos y tembló al ver cómo su propio cuerpo respondía inmediatamente a esa voz sugerente. Sus pezones se habían endurecido debajo de la blusa.

Lily se giró para observarlo. El gesto travieso de Declan aumentaba la expresión de deseo de sus ojos grises.

Él la recorrió con la mirada, desde el cuello hasta los pechos, donde se detuvo un instante para luego recorrer sus largas piernas y volver a su rotundo trasero.

–Estoy sorprendida de que mi ropa de trabajo te guste tanto –dijo ella tratando de mostrar una calma que no sentía.

–No es la ropa lo que es fascinante. Es lo que hay

debajo de ella. Recuerda que ahora conozco tus interioridades –dijo Declan esbozando una sonrisa traviesa.

–Yo podría decir lo mismo –dijo ella levantando la barbilla.

Declan llevaba camisa blanca, sin corbata y pantalones oscuros.

Lily bajó la vista hasta el cuello abierto de la camisa, que dejaba ver su piel desnuda y el vello de su pecho. Sintió un calor en el estómago al recordar los músculos que se ocultaban bajo aquella vestimenta. Luego miró hacia abajo y sonrió.

–¿Feliz de verme, eh? –dijo Lily posando su vista justo debajo del cinturón de cuero negro que él tenía puesto.

La erección de Declan era evidente bajo el fino algodón de su pantalón.

–Siempre me alegro de verte, mi dulce Lily –respondió él.

Ella también lo estaba.

Lily trataba de no sonreír. Debía mostrarse furiosa. ¿Cómo podía provocarle aún aquella sensación?

–¿Quieres un trago? –preguntó Declan.

–No, gracias. Sabes por qué estoy aquí. ¿Qué pasa con Textilecom? –preguntó ella, luchando por reprimir las ganas que tenía de desabotonarle la camisa una vez más, y tratando de pensar con claridad.

–Veo que sigues anteponiendo los negocios al placer –dijo él.

–Esta situación puede ser una broma para ti, Declan, pero te aseguro que el futuro de esta ciudad no es asunto de risa para la gente que vive aquí –dijo Lily.

–Textilecom me ha hecho una oferta muy interesante.

–¿Cómo supieron lo de la fábrica? –preguntó ella.

–¿Crees que yo se lo dije? –preguntó Declan entrecerrando los ojos.

–Es una idea que se me ha pasado por la cabeza –respondió ella cruzándose de brazos.

–Me entristece que tengas una opinión tan pobre de mí. Pensaba que podríamos pasar página en nuestra relación –dijo él mirando a Lily, que se sobresaltó al oír la palabra «relación».

¿Acaso pensaba que su salvaje encuentro en la playa podía ser el comienzo de algo más? Una cálida sensación recorrió todos sus miembros.

–Lo hicimos. De hecho, le dije a mi madre que aquel rumor había sido una mentira. Incluso dije en los periódicos que eras una buena persona, que deseabas lo mejor para la ciudad –dijo ella avergonzada por lo infantil que sonaba su argumento ante la mirada sostenida de Declan.

–No me importa lo que ellos piensen. Pero tú, ¿de veras creías que vendería la fábrica a tus espaldas? –preguntó él.

Ella tragó saliva.

–No… No lo sé. Tal vez sí lo creí. Ya no sé si te conozco, Declan. No sé qué pensar desde aquellas palabras que dijiste al separarnos la última vez, acerca de tu gran plan, diferente al mío –dijo ella.

Lily podía haber mentido y haberle dicho que confiaba en él, pero teniendo en cuenta el pasado, al menos debía ser honesta, aunque las consecuencias fueran malas.

–Haces bien en ser cauta –dijo él con expresión seria.

Ella se estremeció, recordando todos aquellos artículos que detallaban las despiadadas técnicas para hacer negocios de Declan. Debía de tener muchos enemigos.

–¿Vas a vender tus propiedades a Textilecom? –preguntó finalmente Lily.

El rostro de Declan tenía ahora una extraña expresión de sorpresa, que rápidamente se convirtió en una máscara indescifrable.

–¿Tratas de crear competencia en la compra? –preguntó ella.

–No trato de hacer nada en absoluto. Ahora mismo, tú no tienes el dinero para comprarla, Textilecom sí lo tiene –respondió él.

Lily se quedó boquiabierta.

–Pero voy a sacar a Bolsa mi compañía para conseguir el dinero y lo sabes –dijo ella casi chillando.

Luego respiró profundamente y trató de recuperar la compostura.

–No tendré problemas para pagarte –continuó Lily.

–Eso es lo que dices ahora –dijo Declan enarcando una oscura ceja.

–¿Sabes algo que yo no sepa? –preguntó ella sintiendo que el miedo recorría su espalda.

–¿Cómo podría yo saber algo? Me especializo en electrónica y rara vez invierto fuera de Asia –dijo él con expresión aún enigmática.

Lily sintió que la furia recorría su cuerpo ante la insensible actitud de él, especialmente teniendo en cuenta la situación de absoluta intimidad que habían compartido tan sólo una semana atrás.

Aquella noche, había visto una vez más, aunque brevemente, al antiguo Declan, al verdadero Declan. Sabía que en su interior, cálido y cariñoso, ardía una brasa al rojo vivo dentro de la fría fachada del despiadado hombre de negocios.

–Declan –dijo Lily extendiendo su mano hacia él, con esperanzas de atravesar el muro de hielo que había erigido a su alrededor.

Él se quedó observando la mano. Luego la tomó y se la llevó a los labios.

La presión del pulgar de Declan sobre la palma de su mano dejó a Lily sin aliento. No pudo evitar cerrar los ojos al sentir sus cálidos labios sobre su piel.

Lily sintió cómo el calor inundaba su cuerpo. Le temblaron las rodillas cuando él dio la vuelta a su mano y rozó la superficie de ésta con la lengua. Lily no pudo contener un pequeño gemido.

Ese sonido la devolvió de aquella nube de lujuria en la que Declan la había envuelto y retiró su mano.

–Conseguiré el dinero –dijo ella, pero eran las palabras equivocadas.

Lily quería decir más, mucho más. Quería reparar el dolor que le había causado, toda la amargura que le había provocado.

Ella quería arreglar las cosas, curar el legado de odio que sus acciones le habían causado.

Y más que nada, quería tomarlo entre sus brazos, fuertemente, hasta que las palabras ya no tuvieran sentido, e incluso los pensamientos se desvanecieran.

Pero la dura y fría mirada de Declan no lo hacía

posible. Sus pálidos ojos brillaban con una emoción que no tenía nada que ver con el afecto, o la ternura, o los buenos recuerdos de viejos tiempos compartidos por ambos.

–Tal vez lo hagas, tal vez no. He vivido en este mundo el tiempo suficiente y aprendido a no creer en las promesas. Las palabras son sólo palabras. Los hechos son los que cuentan –dijo él contemplándola con sus fríos ojos grises.

Lily se encogió ante la renovada acusación de que había actuado mal tantos años atrás. Había sido egoísta e insensible.

–Esta vez no te decepcionaré. Lo haré bien, te doy mi palabra. Mientras tanto, por favor, no vendas a Textilecom –dijo ella enfadada consigo misma por el tono de súplica que estaba empleando, nada profesional.

¿Pero cómo podía ser profesional cerca de aquel hombre que la hacía perder el control? Aquel hombre que la había llevado a un placer intenso y a una locura que nunca habría sido capaz de imaginar.

–Basaré mis decisiones en lo que crea que es mejor para mis fines, no en lo que sea mejor para Lily Wharton –dijo él en voz baja, y en un tono que no dejaba adivinar ninguna emoción.

Lily aún podía sentir en su mano el roce sensual de los labios de Declan. El deseo de ir hacia él, de tocarlo más allá de lo físico, la carcomía por dentro.

¿Cómo podía ser tan frío, tan cruel?

–Has cambiado, Declan. Siempre has tenido la reputación de ser un chico malo. Y si somos sinceros, te la merecías. Nunca te importó lo que los demás pensaran de ti, por lo que no debería ser una sorpresa que no siempre pensaran lo mejor. Siempre pensaste que las reglas eran para los demás. ¿Cómo crees que se sentían los profesores cuando no entregabas tu tarea, día tras día? ¿Alguna vez se te ocurrió que mis padres podrían haber tenido buenas razones para preocuparse cuando me iba al bosque contigo? –dijo Lily, hablando con voz suave, pero firme.

Declan pestañeó, el primer signo de que por lo menos estaba prestando atención.

–Jamás te hubiera hecho daño, Lily –dijo él.

–Yo sabía eso, ¿pero cómo podían saberlo ellos? No puedes culpar a los demás porque te vieran diferente porque lo eras –dijo Lily.

La luz proveniente del interior se desvanecía lentamente arrojando extrañas sombras sobre el rostro de Declan.

–Has cambiado, el antiguo Declan nunca hubiera sido deliberadamente cruel. Y eso es lo que tú estás siendo ahora, al amenazarme con venderle a Textilecom. ¿Por qué harías eso si no fuese para herirme? ¡Tú no solías lastimar ni a una mosca! –dijo Lily, ignorando el modo en que la miraba con sus grises y almendrados ojos.

Si Declan pensaba que podía salir de ésa coqueteando con ella, estaba muy equivocado. Lily continuó hablando.

–Ése era el antiguo Declan. Pensé que aún estaba dentro de ti. Pensé que ese chico salvaje, pero entrañable estaba escondido ahí, debajo de ese caro traje de diseño, pero ahora veo que no es así. Solías irritar a todo el mundo en la ciudad con esa ruidosa motocicleta que tenías, pero no te importaba. Admito que yo amaba ese sonido. Cada vez que lo oía, mi corazón daba brincos al pensar que Declan estaba allí. No éramos siquiera amigos en aquel entonces, pero me hacía feliz el hecho de que tú estuvieses ahí afuera y de que todavía fueses… tú –dijo Lily.

El sol se había ocultado en el horizonte y apenas podía distinguir los ojos de Declan en la penumbra.

–Traté con tantas fuerzas de no enamorarme de ti... Sí que te amaba, supongo, aunque no hubiera sabido emplear esa palabra para describirlo en aquel entonces. Pero no cometeré ese error nuevamente. Porque desde hoy, sé que aquel chico que una vez conocí se ha ido para siempre. Está muerto. Sí, solías ser un chico malo que andaba en motocicleta y tenía una pésima reputación, pero al menos tenías corazón. Tal vez debieras subirte a tu motocicleta una vez más e ir a buscarlo –dijo Lily dando unos pasos hacia atrás para encontrar el camino hacia la salida en la oscuridad.

Después de terminar de hablar, se dio media vuelta y caminó hacia la puerta sintiendo los latidos de su corazón en las sienes.

No lo necesitaba. Si él quería vender a Textilecom sólo para fastidiarla, que así fuera. No dejaría que se burlase de ella como si fuera un títere y luego la abandonara cuando se cansase de ella.

Ella había nacido sin la casa y la fábrica, y si hacía falta, viviría sin ellas también.

Las pesadas puertas de madera se abrieron y Lily salió de la casa. El fresco del crepúsculo recorrió el cuello de su blusa de seda. Al retirarse, el sol había dejado todo bañado en un profundo azul oscuro. Lily caminó a tientas hasta su vehículo y se metió en él.

Arrancó el motor y al escuchar una molesta canción de amor en la emisora, apagó la radio.

Un horrible vacío se apoderó de ella al abandonar aquel lugar. Le dolía el corazón, abatido por la forma en la que Declan había logrado hacerle sentir esperanza.

Lily era una persona demasiado práctica como para vivir aquella locura. El beso insolente de Declan aún le quemaba en la palma de la mano y la frotó contra el pantalón para deshacerse de la sensación.

—¡No quiero volver a ver a Declan Gates! —gritó en la negra noche, sin importarle las ventanillas abiertas.

Lo único que necesitaba, era convencerse de que así fuera.

Capítulo Siete

Declan trató de seguir enfadado al ver el coche de Lily alejarse en la oscuridad de la noche. Debería haber dado un portazo y haberse sentido aliviado de que se fuera.

Lily no confiaba en él. Había dicho que era normal que la gente de la ciudad pensara cosas malas de él y le tuviera miedo. Le había dicho que sus propios padres habían hecho bien en protegerla de él.

Pero… entonces, ¿por qué no podía odiarla?

Declan escuchó el sonido de las olas distantes. La confusión se apoderaba de su cerebro.

Se había propuesto seducirla deliberadamente, con premeditada malicia. ¿O no? Maldijo el dolor que sentía allí donde debía estar su corazón.

¿Estaba Lily en lo cierto? ¿Había dejado de tener corazón? Era una posibilidad. Había pasado la mayor parte de su vida evitando aquellos sentimientos o emociones que pudieran herirlo. Había sobrevivido usando una máscara invisible y fría que intimidaba a sus competidores y ganaba acaloradas batallas de negocios.

¿Pero había algo más debajo de esa máscara? Cuando Lily y él eran jóvenes, nunca le había ocultado nada. Había compartido con ella sus pensamientos, sus sueños y una parte de su corazón. Y ella había hecho lo mismo.

Desde entonces, él no había confiado en nadie.

Su mente tenía que lidiar con detalles prácticos día a día: precios y ganancias, activos tangibles, créditos a corto plazo y compras realizadas con financiación ajena.

¿Seguía aún teniendo sueños?

Desde que Lily mencionara su moto, no había dejado de pensar en ella. Su amada Kawasaki ZX9. Había dedicado más tiempo y cariño a aquella moto que a cualquier otra mujer que hubiera conocido después de Lily.

Cuando se fue de Blackrock, Declan guardó su motocicleta en un rincón del garaje, le puso una lona encima y la abandonó sin mirar atrás. Tal vez porque representaba una parte de su vida que pretendía dejar atrás para siempre. El Declan al que le gustaba vivir el momento, montar esa motocicleta y sentir el aire marino golpeando contra su cara, viajando como el viento al borde del acantilado.

Respiró hondo. Sólo de pensar en ello, sentía la adrenalina. ¿Estaría su moto aún en la casa?

La húmeda brisa del anochecer se introdujo bajo su camisa y le puso la carne de gallina. Debería cerrar la puerta y ponerse al día con sus papeles.

¿Por qué le fastidiaba tanto que Lily estuviera enfadada con él? Había querido vengarse de ella por la crueldad con la que lo había tratado. Además, había decidido ir allí después de leer las historias de la lucha por la vieja fábrica Gates.

Olía a disputa y eso le calentaba la sangre. Había estado deseando algo de intriga y conflicto, había estado esperando con impaciencia la agitación en el pecho de Lily y el brillo en su mirada.

Pero entonces, ¿por qué no se sentía bien?

Declan salió de la casa y cerró la puerta a sus espaldas. El aire nocturno era fresco y vigorizante después de pasar la semana en la oficina.

Caminó hasta el garaje, haciendo sonar la gravilla bajo sus pies.

Aquello era una estupidez. Incluso si la motocicleta estaba aún allí, el aire marino la habría transformado en un cacharro inservible y oxidado.

Aun así, abrió la pesada puerta de hierro. Las bisagras oxidadas crujieron y Declan escuchó una vez más aquel familiar sonido. Percibió el olor entremezclado a polvo, aceite de motor y ratón. No era totalmente desagradable, al menos juzgando por la forma en que latía su corazón.

Vio una forma entre las sombras, en una esquina hacia su derecha. ¿Acaso estaba allí? Buscó el interruptor de la luz en la pared. Dado que el vigilante aún iba una vez a la semana, existía la posibilidad de que la luz aún funcionara.

Dos bombillas desnudas se iluminaron, llenando la estancia de una luz amarillenta.

Allí estaba. Declan caminó hacia el bulto cubierto por una lona azul que había junto a un viejo automóvil envuelto en plástico gris.

Contuvo la respiración y levantó una esquina de la lona. Descubrió la motocicleta y la sangre comenzó a correr a toda prisa por sus venas.

La elegante motocicleta de color negro cromado lo esperaba allí, como a un viejo amigo. Declan acarició el borde del pequeño parabrisas, luego pasó la mano por la pintura negra, aún brillante.

¿Así que a Lily le gustaba el sonido del motor, eh? Aquel pensamiento lo hizo sonreír.

A él le encantaba ese sonido. Llenaba sus sentidos, lo hacía sentir que podía hacer cualquier cosa, ir a cualquier parte. Pero entonces, ¿por qué había dejado allí su motocicleta al abandonar Blackrock?

Una vez su vista se acostumbró a la escasa luz, pudo ver que los neumáticos estaban secos y agrietados, con los bordes picados por motas de óxido.

Se había ido de esa ciudad para recorrer el mundo, comenzando por Asia, que siempre le había llamado la atención. Luego había ido a la universidad y comenzado sus negocios, manteniendo a Blackrock y todo lo que en ella había fuera de su mente.

Tal vez había dejado atrás una parte de sí mismo cuando aparcó su motocicleta en aquel polvoriento rincón por última vez.

Se arrodilló para examinar el motor y una inspección rápida le recordó que se había tomado el tiempo de llenarla de aceite y drenar el sistema de enfriamiento. ¿Acaso había sospechado que regresaría por ella algún día?

Declan sacudió la cabeza, deseando haber cubierto con grasa las partes expuestas de metal, previniéndolas así del dañino aire marino.

Sintió un hormigueo sólo de pensar en apretar sus puños sobre el manillar y montar esa máquina una vez más.

Se incorporó bruscamente, tratando de escapar al ataque de entusiasmo que amenazaba con hacerlo actuar como un tonto. Como si aquella motocicleta pudiese funcionar después de estar diez años abandonada. Para empezar, los neumáticos eran inservibles. Claro que siempre podía comprar neumáticos en cualquier taller de motocicletas.

Pero no, no lo haría. Tenía que ocuparse de hacer unas llamadas telefónicas. Ahora era un exitoso empresario en Hong Kong.

Aun así, el tanque de combustible no se había oxidado y los cables del freno parecían estar en buen estado, al menos a primera vista. La cadena estaba bien engrasada y en condiciones. Declan se inclinó y la tomó entre sus dedos, disfrutando de la sensación del metal contra su piel.

Pero le era imposible resistirse a un reto.

Era una pacífica tarde de domingo y Lily se encontraba sentada en el comedor sacando brillo a la bandeja de té con tal vigor que el metal ya se estaba calentando.

Como el ambiente.

¿Por qué su madre se empeñaba siempre en despertar en Lily a la joven rebelde que llevaba dentro?

–¿Podemos dejar el tema, mamá? –preguntó Lily.

–Pero, cariño, debes tener niños antes de llegar a los treinta años. ¿No es entonces cuando tus óvulos comienzan a secarse? –dijo su madre.

–Tú me tuviste con treinta y dos años –dijo Lily apretando los dientes y puliendo más fuerte.

–Eso es porque eres la más pequeña. A tu edad, yo llevaba cinco años casada. En mis tiempos tú hubieras sido considerada una solterona. Mira Katie, es tan feliz con los gemelos, y Robert y Valerie están planeando ya el tercero para el año que viene –dijo su madre.

–Así evito la superpoblación –dijo Lily.

Sus hermanos tenían sus prioridades, adorables criaturas, eso sí, y ella tenía las suyas.

–Pero tú nunca sales con nadie –dijo su madre.

–He tenido algunas citas –replicó Lily, y las había tenido, aunque tal vez no últimamente.

Solía salir a cenar por cuestiones de negocios, lo que para ella era prácticamente la misma cosa que las citas.

Y estaba aquella noche que había pasado con Declan.

A Lily se le escapó de las manos la bandeja de plata, que cayó contra la mesa de nogal del comedor.

–¡Cuidado! –exclamó su madre.

–Lo siento. No se ha rayado –dijo Lily examinando la bandeja.

¿Cuál era el propósito de una bandeja de plata que necesitaba ser pulida cada diez minutos? Un sonido ensordecedor distrajo su atención.

–¿Dan está cortando el césped hoy? –preguntó Lily.

–Hoy no, el martes. Pero hablé con Nina Sullivan para ver si puedes quedar con su hijo, Jeffrey. Es podólogo, ¿lo sabías? Tiene mucho éxito –dijo su madre.

–Me alegro por él, pero no tengo tiempo para salir con hombres, mamá –dijo Lily.

–Deberías buscar tiempo, elegir tus prioridades –insistió su madre.

Tal vez fuera un helicóptero. Lily se esforzó en distinguir el sonido y trató de escucharlo por encima del discurso de su madre.

El poderoso rugido creció y se acercó hasta que los ventanales comenzaron a vibrar. Había algo inquietantemente familiar en aquel sonido que hizo que se le acelerara el pulso.

¿Podía ser…? Dejó la bandeja sobre la mesa y se incorporó. Caminó hacia la ventana y se esforzó por ver a través de las cortinas.

–¿Qué es ese estruendo? Suena como si fuera el fin del mundo –dijo su madre.

Lily abrió la puerta de la calle y salió de la casa al cálido sol del atardecer. Escuchó el poderoso motor y supo exactamente dónde había oído ese sonido antes.

Era la motocicleta de Declan.

El rugido le provocaba toda clase de extraños y terroríficos sentimientos.

Ella le había dicho que subiera a su motocicleta una vez más y fuera en busca de su corazón.

Y él la había hecho caso. Tal vez aún había un corazón humano latiendo debajo de ese caro traje de diseño.

En ese momento, la motocicleta atravesó el camino de entrada de la casa y se detuvo con un chirrido justo frente a ella, levantando un poco de polvo.

Declan apagó el motor. Se hizo un tenso silencio y Lily no pudo evitar sonreír al verlo bajar de la moto.

–Hola, Lily –dijo él con una voz profunda que acarició sus oídos.

El viento jugaba con los cabellos de Declan.

–No llevas casco –dijo ella.

–Arréstame –contestó él, ofreciendo sus muñecas a Lily.

Se acercó a él, sintiendo que le daba un vuelco el corazón. La cara de Declan brillaba de alegría.

Lily tuvo que resistir la tentación de echarle los brazos al cuello. Apartó la vista y observó la gran máquina negra, brillando a la luz del sol poniente.

–¿Es la misma moto? –preguntó Lily.

–Le he hecho algunos retoques, los necesitaba. Pero sí, es la misma –respondió él acariciando el asiento de cuero con la mano.

Ella sintió un hormigueo en el estómago, como si la estuviera acariciando a ella.

–No puedo creer que la hayas hecho funcionar después de diez años –dijo Lily.

–No fue fácil. Es lo único que he hecho durante el fin de semana. Pero creo que me estaba esperando –dijo él y la miró con una expresión tímida.

Ella sintió que le daba un vuelco el corazón.

Declan echó un vistazo a la casa.

–¿Quieres entrar? –preguntó Lily, no sin algo de temor.

–Está bien –dijo él acercándose con paso seguro, pero expresión cautelosa.

Nunca lo había invitado a entrar en su casa, ni siquiera cuando eran jóvenes. Nunca se había atrevido. Su madre no le hubiera dejado.

Pero ahora eran adultos y aquélla era su casa, al menos cuando estaba en Maine.

Lily mantuvo la puerta abierta y Declan se agachó para atravesar el bajo dintel de la entrada. Llevaba una camiseta blanca que resaltaba los músculos de sus hombros y le llegaba por debajo de la línea de la cintura, donde comenzaban sus tejanos.

Lily no miró más abajo. Aquel Declan se parecía más al de los viejos tiempos que ella recordaba, lo que le provocaba un inquietante acaloramiento en el pecho.

–¡Dios mío! –dijo su madre de pie en el vestíbulo, llevándose la mano al pecho.

–¿Conoces a Declan Gates, mamá? –preguntó Lily tratando de mostrarse relajada.

–No, creo que no –dijo su madre ajustándose las gafas.

Al extender su mano para estrechar la de Declan, pareció retroceder.

–Encantado de conocerla, señora Wharton –dijo Declan adelantándose y estrechando su mano. ¿Había una nota triunfal en su voz?

Lily pasó junto a Declan y lo guió hasta la cocina.

–¿Te gustaría tomar una taza de té? Estábamos abrillantando la plata –dijo Lily ignorando la expresión de alarma de la cara de su madre.

Declan la siguió hasta la cocina mirando a su alrededor, como Aladino en la cueva mágica. Parecía enorme dentro de esa pequeña cocina de techo bajo, aunque no medía mucho más de dos metros. La maceta sostenida desde el techo por cadenas de metal se balanceaba peligrosamente cerca de su cabeza.

–¿Qué clase de té te gusta? –preguntó Lily.

–De hecho, no me gusta el té. He venido a preguntarte si querías venir a cenar conmigo –dijo él con un brillo en la mirada.

Lily lo observó fijamente. ¿Qué le había pasado al duro y frío Declan que amenazaba con destruir sus sueños?

–¿En Luigi's? –preguntó ella, refiriéndose al único restaurante que aún se mantenía abierto en la ciudad.

Lily ya se podía imaginar a todos los vecinos de Blackrock boquiabiertos y con sus narices apoyadas contra los ventanales del restaurante.

–No, en casa. Soy un gran cocinero –respondió Declan.

Lily reparó en que se había quedado boquiabierta y cerró rápidamente la boca. ¿Iba a cocinar para ella? No podía resistirse a eso.

–Sí. Está bien –dijo Lily con el pulso acelerado.

Debería odiarse a sí misma por ser tan fácil después de cómo la había tratado la última vez que se vieron.

¿O había sido ella quien se comportó duramente? No lo podía recordar ahora que sus pensamientos estaban mezclados con esa sensación de tener a Declan en la cocina de su madre. Él tenía, además, una expresión de ilusión en los ojos.

–¿Vamos? –preguntó él.

–Sí, sólo déjame… –dijo Lily mirándose a sí misma.

Llevaba vaqueros y una camiseta y no estaba maquillada. Fue de la cocina al baño y se atusó el cabello. Sus mejillas estaban sonrojadas. Era vergonzoso que su entusiasmo fuera tan notorio.

¿Debería llevar algo? ¿Más ropa interior, el diafragma?

Lily se mordió el labio inferior para evitar que una sonrisa maliciosa se dibujara en su rostro. Trató de controlarse a sí misma pensando que tan sólo dos días atrás aquel hombre la había amenazado con vender la fábrica sin tenerla en cuenta.

Cuando terminó de prepararse se dirigió al vestíbulo, donde su madre y Declan hablaban de la cantidad de días soleados que habían podido disfrutar ese mes. Lily no podía creer lo que veía.

–¿Cariño, podrías ponerle un poco más de gasolina al coche? –dijo su madre tomándola del brazo al pasar junto a ella en dirección a la puerta.

–Lily no conducirá el automóvil –dijo Declan con un brillo en la mirada.

Lily sintió una inyección de adrenalina. ¿Debía insistir en llevar el coche de su madre para así tener algún modo de escape? Ir en la motocicleta de Declan la dejaría totalmente a merced de él, en más de un sentido.

–Lily, sabes lo que pienso de las motocicletas –dijo su madre.

Lo que no dijo en voz alta era que pensaba lo mismo acerca de Declan Gates.

–Nos vemos luego, mamá –dijo Lily soltando su brazo.

Cuando era una adolescente jamás se había atrevido a desafiar tan abiertamente a su madre. Pero ya no lo era.

Caminó hacia la salida sin volver la mirada una sola vez, imaginando la expresión horrorizada de su madre.

Lily sintió un cosquilleo en los dedos al observar la elegante motocicleta negra. Declan montó en ella y le hizo un gesto para que se subiese. Respirando hondo, Lily elevó su pierna lo más alto que pudo y se colocó sobre el ancho asiento de cuero como si fuera una montura de caballo.

–Pon tus manos alrededor de mi cintura –dijo él.

Ella vio la sonrisa en su rostro, incluso desde atrás. Deslizó sus manos sobre el suave algodón de la camiseta de Declan y las posó sobre su firme abdomen, dejando sus pechos en contacto con la espalda de él. Aquella posición era peligrosamente sensual.

–¿Estás cómoda? –preguntó Declan girando la cabeza lo suficiente como para poder mirarla a los ojos.

–Sí –contestó ella presionando sus palmas contra la cintura de él.

Si él estaba tan excitado como ella, aquel viaje iba a resultar peligroso para ambos.

Declan puso en marcha el motor y el poderoso rugido la hizo temblar de arriba abajo.

¿Cuántas veces había soñado con ese momento? Su madre debía de estar observando desde la casa, sin duda negando con la cabeza y murmurando con disgusto, lo que realzaba el entusiasmo casi infantil de la ocasión.

Lily no pudo evitar que se escapara un grito de sus labios cuando la moto se puso en movimiento. Presionó los brazos más fuertemente alrededor de Declan, apoyándose contra él, tan cerca que su cara casi le tocaba el cuello. El olor particular que él tenía, mezclado con el del cuero, el metal y la gasolina, era a la vez tranquilizador y enervante.

Cuando la moto ganó velocidad Lily se sujetó aún con más fuerza. El viento sacudía con fuerza su cabello, lo que le recordó que debería estar usando un casco.

Aunque lo cierto era que debería estar estudiando esos documentos legales que su abogado le había enviado. También debería estar poniéndose al día con su plan, ya que había dedicado largas horas a trabajar en la oficina.

Además debería…

–¡Ah! –gritó de pronto Lily saliendo de sus pensamientos cuando la moto aceleró a la velocidad de un rayo al meterse en la carretera

El corazón de Lily latía fuertemente contra su pecho. Sentía miedo y regocijo a la vez.

Cuando Declan le hablaba tenía que inclinarse para responder, acercándose hasta que sus labios acariciaban su cuello.

Para cuando llegaron a la casa, Lily ya se había acostumbrado a las curvas pronunciadas y a los bruscos cambios de velocidad, abrazándose a Declan, relajándose y disfrutando de los movimientos de la máquina sin sentir miedo.

Cuando la moto se detuvo frente a la entrada, la sangre de Lily circulaba al mismo ritmo de aquel motor. Casi le molestó que Declan lo apagara.

Él le tendió la mano para ayudarla a bajar.

–Me están temblando las piernas. No estoy segura de que estén listas para pisar suelo firme –bromeó ella, tambaleándose un poco.

–El suelo firme es un poco aburrido una vez que te acostumbras a viajar con el viento –dijo él con una sonrisa.

Luego levantó una pierna por encima de la moto con un movimiento suave y preciso, como si lo hubiera estado haciendo cada día durante los pasados diez años. Observarlo le hacía sentirse más mareada que nunca.

Declan dejó la moto en el garaje, en medio de dos automóviles cubiertos por grandes plásticos.

Varias herramientas yacían esparcidas sobre una lona en el suelo.

—¿Qué hizo que te decidieras a ponerla a punto nuevamente? —preguntó Lily, más por sentirse reconocida que por curiosidad.

—Creo que sabes exactamente por qué lo hice —dijo Declan después de dedicarle una mirada astuta.

—¿Porque te dije que fueras a encontrar tu corazón? —preguntó ella.

—Nadie me había acusado nunca de no tener corazón —dijo él con una sonrisa en los labios.

—El corazón es algo peligroso. Puede hacerte sentir más cosas de las que quieres —dijo ella enarcando una ceja.

—Entonces, es bueno que me guste vivir al límite —dijo él con el viento acariciando su negra cabellera.

Lily estaba sintiendo más cosas de las que hubiese querido. Se dirigieron hacia la casa y entraron al vestíbulo, donde dos días antes ella le había estado haciendo toda clase de críticas.

—¿Todavía te gusta el sonido de mi moto? —preguntó él con una expresión a la vez arrogante y cauta.

—Me encanta. Y el sonido no es nada comparado con la sensación de montarla. No tenía ni idea de lo que me he estado perdiendo todos estos años —contestó ella.

Declan la miró a los ojos, con una mirada sincera.

–Te he echado de menos, Lily. Pensé que estaba acostumbrado a que la gente me odiara. He tenido suficiente práctica a lo largo de los años, tanta que admito que ha llegado a gustarme. Cuando alguien te odia, al menos sabes a lo que te enfrentas. Así hay menos sorpresas. Pero cuando me miraste de aquella manera, tan enfadada, tan… decepcionada, hiciste que mirara en mi interior, y lo que vi no me gustó nada –dijo él respirando hondo y meneando la cabeza–. Bueno, pero te he invitado a cenar y te tengo aquí de pie escuchándome hablar. ¿Te gusta la comida china?

–Me encanta –respondió ella.

Lily cortó el brécol y algunos otros vegetales, mientras Declan les quitaba la cabeza a las gambas y las pasaba por la salsa a la pimienta. Había encendido velas que proporcionaban una luz suave por toda la cocina.

–Contrataste a alguien para que limpiase todo, ¿verdad? –preguntó ella.

El lugar estaba inmaculado, todo brillaba a su alrededor.

–Y un fumigador. Este sitio ya está adecuado para los humanos –dijo él, no sin gracia.

–Está muy bonito –dijo Lily pasando la mano por la enorme mesa de pino situada en medio de la gran cocina.

Los cabellos de Declan se agitaban sobre sus ojos mientras removía rápidamente el ajo, la cebolleta y el jengibre, dentro de un gran cuenco con aceite de sésamo aromático y salsa de soja. Su muñeca se movía con un ritmo rápido y sostenido, pero sus bronceados antebrazos se mantenían firmes.

Declan parecía estar… como en su casa.

–¿Estás enamorándote de la casa? –preguntó Lily con una especie de pánico recorriendo su cuerpo.

–¿De este lugar? ¡De ningún modo! Supongo que quedarme aquí estos días es una forma de hacerle frente al pasado, de dejarlo definitivamente atrás –dijo Declan mientras echaba las verduras troceadas en la sartén.

El aceite chisporroteó y la cocina se llenó de humo.

–¿De decir adiós? –preguntó Lily.

Él se giró y la miró fijamente con una expresión extraña en el rostro.

–Sí, tal vez. No de despedirme de la casa, puesto que es eso, una casa. Pero tal vez necesito despedirme de mi padre, de mis hermanos –dijo Declan echando las gambas, que una vez dentro de la sartén crujieron y salpicaron hacia todos lados.

–Aún los echas de menos –dijo ella.

–Siempre los echaré de menos, pero no quiero vivir en el pasado, preguntándome cómo hubiera sido, ¿sabes? Tienes que vivir el presente. ¿Me puedes pasar los espaguetis?

Cuando todo estuvo preparado, Lily le pasó el escurridor y sus dedos se tocaron. Declan mezcló los espaguetis con los vegetales y después dividió la mezcla en dos cuencos separados.

–¡Huele delicioso! ¿Dónde aprendiste a cocinar? –preguntó Lily sorprendida.

–Un hombre tiene que comer –respondió él.

Llevaron sus cuencos y unos palillos chinos al comedor y se sentaron a la mesa, donde las copas de vino blanco ya estaban preparadas.

–Tú siempre conseguías todo lo que te proponías –dijo ella mirándolo por encima del borde de la copa.

–Tú también –dijo él enarcando una ceja.

–Supongo que ésa es una cosa que tenemos en común. Eso y ser tercos como mulas –dijo Lily.

–Alguien me dijo una vez que las mulas no son tercas, sólo son listas –dijo él con una sonrisa.

–Otra cosa que tenemos en común –dijo ella.

–Junto con la modestia –añadió él guiñando un ojo.

–Pero en serio, ¿cuánta gente hubiera pronosticado que ambos seríamos empresarios de éxito a nuestra edad? –preguntó Lily.

–Somos decididos y trabajamos duro. Yo además soy muy despiadado –dijo Declan llevándose los espaguetis a la boca con los palillos chinos.

–Eso es lo que he leído. Tu nombre es temido en los cinco continentes –dijo ella mientras se llevaba una gamba a la boca.

–Tal vez todavía lo estén escribiendo en las paredes de los baños, junto con otras tantas obscenidades, como en los viejos tiempos. Afortunadamente, lo que aprendí en Blackrock me hizo levantar una coraza a mi alrededor –dijo Declan con una malvada sonrisa.

–La vida y los negocios no siempre tienen que ser una batalla, ¿sabes? Yo construí un negocio de quince millones de dólares sin hacer un solo enemigo –dijo Lily.

–Yo echaría de menos el gusto de la sangre en mi boca después de un gran negocio. Disfruto de una buena pelea –dijo él recostándose sobre el respaldo de su silla y mirándola con los ojos entrecerrados con cierta agresividad.

Pero Lily no estaba asustada. La crueldad de Declan estaba basada en un fuerte sentido de lo que estaba bien y de lo que estaba mal. Nunca nadie se había dado cuenta de eso. A juzgar por los artículos que había leído, él no había cambiado en nada. No le preocupaba ni le interesaba la mala reputación. Pero cuando uno leía sobre sus negocios, más allá de los escandalosos titulares, se podía ver que él siempre hacía lo correcto.

Lily era probablemente la única persona en el mundo que lo entendía bien.

—Podrías descubrir que hay maneras más efectivas de conseguir lo que quieres. La persuasión gentil, por ejemplo. Aunque se rumorea que funciona mejor con las mujeres. ¿Por qué no te has casado? —dijo Lily.

Esa pregunta había estado rondando su cabeza y por fin tenía oportunidad de hacerla.

—¿Y arriesgarme a terminar como mi padre? No, gracias. Además, una chica que conocí me quitó las ganas de estar con cualquier otra mujer —dijo Declan sin que sus gruesas pestañas pudieran ocultar una mirada astuta.

—¡Deja de bromear! Apuesto a que has salido con cientos de mujeres —dijo ella.

—Miles, tal vez. Pero ninguna de ellas estuvo a la altura de los recuerdos que guardo de aquella chica —dijo él con una sonrisa en los labios.

Sus ojos brillaban a la luz de las velas.

—Quizá ni siquiera ella esté a la altura de tus recuerdos. No puedes esperar que sea la misma persona después de todos estos años –dijo Lily tratando de distraerse con una gamba.

–No me gustaría que lo fuese. En aquel entonces ella tenía algunos… complejos –dijo Declan inclinándose hacia delante y enarcando una ceja.

–Tal vez aún los tenga –comentó Lily con una mezcla de miedo y excitación en su interior.

Declan la miró con sus fríos ojos grises.

–Conozco una forma de averiguarlo.

Capítulo Ocho

Nada más terminar de cenar, Declan se fue a la cocina y volvió con una elegante bandeja de plata.

–Sígueme y trae el vino.

Aunque molesta por aquella orden, Lily obedeció y trató de mantenerse a su lado sin derramar el contenido, mientras él subía de dos en dos los escalones.

–¿Adónde vamos?

Él la ignoró. Recorrió el pasillo y abrió una puerta con la cadera.

–¿El dormitorio principal?

Lo acababa de arreglar para la sesión de fotos. Todo había sido hecho a mano para que combinara con el mobiliario antiguo y la cama victoriana.

–Si éste es el dormitorio principal, entonces yo debo de ser el señor de la casa –dijo dejando la bandeja sobre la cómoda–. Entonces, tú debes de ser la señora –añadió y tomó las copas de su mano y las dejó en la cómoda.

Sus palabras la hicieron estremecerse. Se quedó boquiabierta, sin saber qué decir.

Declan se acercó a ella y la rodeó con sus brazos, haciéndola sentir su calor.

La idea de convertirse en la pareja de Declan Gates, aunque fuera tan sólo por un segundo, debería hacerla salir corriendo.

Ya habían hecho el amor una vez. Si volvían a hacerlo, aquello pasaría a ser algo más que una simple aventura.

Pero Lily no quería resistirse.

Su rostro estaba a unos centímetros del de ella. Observó su boca, seria y sensual al mismo tiempo. Él la estudió con sus escrutadores ojos grises, deteniéndose en cada rasgo de su cara.

Luego, lentamente, rozó sus labios. Durante unos segundos, mantuvo la distancia entre ellos, mientras la excitación iba en aumento.

Declan acarició con la lengua sus labios, antes de que sus bocas volvieran a fundirse en un beso.

Cuando se separaron, ella tomó aire y él la miró divertido.

–Ha llegado el momento del postre –dijo y en un rápido movimiento, se sacó la camiseta por la cabeza.

Lily inspiró al ver su perfecto y bronceado torso, con una suave línea de vello. Sin pensarlo, alargó las manos y le desabrochó los vaqueros.

El bulto bajo sus calzoncillos negros hizo que sintiera un hormigueo en los dedos. Lily se arrodilló y le bajó los pantalones por sus fuertes piernas.

–Tienes que desnudarte –dijo él con su voz profunda y amenazante.

Declan le quitó la camiseta y los vaqueros, además de la ropa interior. Lily sintió que la excitación iba en aumento y deseó reír o gritar, pero decidió dejar que se acumulara.

Estaban desnudos, uno frente al otro. De repente, Declan dio la vuelta y atravesó la habitación.

–¿Adónde vas? –preguntó ella con las piernas temblorosas.

Él tomó la bandeja de la cómoda, se acercó a la cama y se sentó sobre la colcha. Su piel bronceada contrastaba con el color claro del tejido.

–Ven aquí.

Ella se sentó en la cama junto a él, sintiendo el frío algodón bajo su piel.

Declan tomó una fresa y se la ofreció. Lily la mordió y el jugo se deslizó por sus labios hasta la barbilla.

–Esto es algo pringoso.

–Mejor.

Se inclinó hacia delante y lamió el jugo de su barbilla. El roce de su lengua la hizo estremecerse.

Lily miró hacia abajo y vio que la bandeja estaba llena de frutas frescas. A continuación tomó una mora y la acercó a los labios de él. Su vientre tembló de deseo al verle abrir la boca.

Con los ojos cerrados, él mordió la mora y luego se recostó en la cama, colocando la cabeza y los hombros en la almohada.

Sintiéndose traviesa, tomó una frambuesa y la colocó entre sus pechos. Declan se acercó a ella, colocando las manos sobre sus caderas y le dirigió una mirada de deseo. Luego se inclinó y abrió la boca.

Los pezones de Lily se endurecieron expectantes, sintiendo las cosquillas del pelo de Declan al tomar la fruta con la boca.

Él levantó la cabeza, masticando, con los ojos brillantes de lujuria.

La intensa mirada de Declan hizo que sus brazos y piernas comenzaran a temblar. Luego, fue bajando la cabeza hasta llegar a la entrepierna de Lily. Con la lengua, acarició su parte más íntima, haciéndola perder la consciencia desde la punta de los pies hasta la cabeza.

Pero de repente un pensamiento asaltó su cabeza. Con manos sudorosas se agarró fuertemente a la colcha, tratando de volver a la realidad.

¿Sería aquella seducción un acto de venganza?

La idea asaltó su mente como si fuera un rayo de luna abriéndose camino en la oscuridad.

Pero no sirvió de nada. Sus caderas se agitaban ante cada movimiento de la lengua de Declan. Abrió los ojos y vio su cabeza hundida entre sus piernas. Su cabello negro contrastaba con su vello dorado.

Una extraña risa brotó de sus pulmones. Él levantó la cabeza, con mirada interrogativa.

No podía dejar de reírse. Le daba igual si buscaba venganza. Lo deseaba.

Lily tomó su rostro entre las manos. Su risa se mezcló con la de él, llenando el silencio de la habitación.

Él se colocó sobre ella y se incorporó sobre los codos hasta que sus rostros quedaron uno frente al otro y pudieron mirarse a los ojos.

–Me has traído aquí de vuelta, Lily –dijo manteniendo su mirada–. No iba a volver nunca.

–Parece como si te hubiera embrujado.

–Quizá es así.

La presión de su erección contra su vientre le hacía desear sentirlo dentro.

–No sabía que tuviera poderes mágicos.

Él se quedó quieto y ladeó la cabeza, como si quisiera observarla desde otro ángulo.

–Siempre los has tenido para mí.

–¿La clase de magia que puede hacer aparecer tu vieja bicicleta?

Él hundió el rostro en su cuello y volvió a incorporarse antes de contestar.

–La clase de magia que hace que vuelva a ser el de antes.

Su expresión evidenciaba que hablaba en serio. Se le encogió el corazón y luchó por controlar la mezcla de sentimientos que se arremolinaban en su interior.

–No hay ninguna duda de que al menos una parte de ti está muy viva –dijo ella levantando el vientre hacia su erección.

–Estoy bajo un encantamiento, ¿qué puedo decir? Estoy perdido.

Ambos rompieron a reír. Era imposible que Declan Gates estuviera perdido.

Comenzó a lamerle los pezones hasta endurecerlos. Estaba derramando su propio hechizo sobre ella, excitándola tanto que parecía estar a punto de arder en llamas. Ella se retorció, incapaz de controlarse. Probablemente, la inmolación le aportaría alivio al tormento de deseo que invadía todo su cuerpo.

Estaba a punto de gritar de desesperación cuando finalmente la penetró, hundiéndose en ella con una precisión que la dejó sin aliento.

Unas lágrimas asomaron a los ojos de Lily, al abrazarlo mientras la penetraba. Aquel momento era perfecto, intenso, como si fuera algo que tuviese que pasar.

Ella frotó la nariz contra la mejilla de Declan, disfrutando de la rica esencia masculina de su piel, y ambos empezaron a agitarse. Oleadas de placer la recorrieron mientras él movía las caderas más y más profundamente.

Sus movimientos se hicieron más lentos. Ambos querían prolongar la deliciosa angustia de su excitación unos minutos más antes de dejarse llevar por la pasión.

Al final, Declan rompió el encantamiento, hundiéndose más de lo que Lily creía posible.

Luego, ella dejó escapar un suspiro mientras su cuerpo se movía entre espasmos y Declan gimió al alcanzar el orgasmo con una fuerza incesante.

Temblorosos y jadeantes, se dejaron caer sobre las sábanas hasta que la tensión desapareció y permanecieron tumbados, entrelazados.

Cuando Declan abrió los ojos, un rayo de luna atravesaba la oscuridad que invadía la habitación, iluminando sus cuerpos y uniendo sus piernas entrelazadas como si de una madeja de hilo plateado se tratara.

Lily dormía, con el pelo desparramado sobre la almohada y la cabeza apoyada en su hombro.

Declan arqueó la espalda y se estiró, deformando la banda de luz de luna que lo unía a Lily. Se quitó el preservativo, aliviado de haber podido ponérselo a tiempo. Lily tenía la habilidad de anular sus sentidos.

Pero merecía la pena, pensó sonriendo mientras la miraba durmiendo. Era femenina y delicada. Todo en ella era perfecto.

Y se la había vuelto a ganar. Como un caballero andante en busca de su dama, para llevársela a su castillo en su corcel negro y…

Bueno, seguramente no hacían eso en la antigüedad, a menos que estuvieran casados.

De pronto se quedó tensó. ¿Matrimonio? ¿De dónde había salido aquella idea?

No tenía intención de casarse con nadie. Nunca. Especialmente con alguien que preferiría estar muerta antes que llevar el nombre de Gates.

Aquel pensamiento le hizo reír.

Acarició suavemente la barbilla de Lily. Le vendería la casa y la fábrica que tanto quería y él regresaría a Hong Kong o a Singapur. Quizá incluso se compraría una bonita casa en algún sitio. Había llegado el momento de madurar y dejar de vivir en hoteles.

Probablemente, nunca volviera a Maine.

Sintió miedo ante aquel pensamiento. ¿Por qué? Odiaba Blackrock. No había estado allí en una década, ni tampoco lo había echado de menos.

Lily se movió y el reflejo de la luna alcanzó su vientre. Un dulce gemido escapó de sus labios.

Echaría de menos a Lily.

La sola idea le impedía respirar. ¿Cómo era posible? Lo había rechazado e ignorado durante diez años. Después, cuando ella lo había necesitado, había recurrido a él.

Apartó las piernas instintivamente, alejándose del rayo de luna que lo unía a Lily. Así se sentía mucho mejor.

Había regresado allí para olvidarse de Blackrock, de Lily y de todos los demás, para enfrentarse al pasado y superar la influencia que aún ejercía sobre él. La casa que había despreciado era ahora un lugar acogedor en el que Lily estaría encantada de pasar el resto de su vida.

Sintió que se le helaba la sangre al imaginarse a Lily casada con otro y teniendo hijos con él.

Se levantó de la cama, tratando de olvidar aquellos pensamientos.

—Declan, ¿dónde vas?

Su voz somnolienta hizo que se le encogiera el corazón.

—Me estoy estirando.

Se dio la vuelta para mirarla y la tensión de los segundos previos desapareció.

Lily se dio la vuelta y se desperezó. Al momento, Declan estaba de vuelta en la cama, su piel junto a la suya, y le dio los buenos días con un beso apasionado.

—Declan, ¿estás bien? Estás muy serio.

—Estoy bien —murmuró.

El rayo plateado de la luna los envolvía ahora por la cintura.

—Creo que en mi vida había dormido tan bien. Me siento muy relajado. Creo que podría permanecer aquí tumbado de por vida.

—Debe de estar a punto de amanecer —dijo y de repente se incorporó—. ¡Es lunes por la mañana!

—¿Y? —preguntó él sorprendido.

—¿No tienes trabajo que hacer? —dijo llevándose la mano a la boca.

—No hay nada que no pueda esperar —mintió él.

Ella rompió a reír.

—Se supone que tengo que verme esta tarde con

114

los abogados que están preparando la operación de venta pública de acciones. Está casi lista.

—Lo sé.

—¿Ah, sí? –dijo mirándolo.

—Claro, soy financiero. Me dedico a hacer seguimiento de empresas.

—¿También a la mía?

—Claro. Tenemos un asunto de negocios –dijo él enarcando una ceja–. El éxito de tu operación influye en la compra de esta casa.

Lily entrecerró los ojos.

—Pues ya sabes que va muy bien. Hay muchos inversores interesados.

—Lo sé –contestó–. Tienes cubiertas las espaldas, ¿verdad? –preguntó preocupado.

Ella frunció el ceño.

—¿Cubiertas las espaldas?

—Contra la gente como yo. No querrás perder el control de tu empresa cuando entren los inversores.

Se quedó mirándolo unos instantes y luego sus ojos brillaron divertidos.

—Mi abogado ya se ha ocupado de tomar las medidas necesarias para impedirlo.

—Bien –dijo relajándose.

Claro que ese tipo de medidas hacían más difícil hacerse con el control de una compañía, pero nunca eran impedimento para un inversor decidido. Como el que pretendía ser él si se aferraba a la idea original.

—Hablando de protección –dijo Lily levantándose de la cama–. ¿Serías tan amable de traer uno de esos preservativos abajo? –añadió mirándolo como si le hubiera pedido un paraguas.

–Estaré encantado –respondió.

Sus ojos la siguieron mientras atravesaba la habitación y se ponía unas sencillas bragas blancas y un sujetador blanco cubriendo su generoso pecho.

–Es hora de desayunar –dijo ella atusándose su rubia melena y salió por la puerta, llevando puesta tan sólo la ropa interior.

Declan salió detrás de ella, con el paquete de preservativos en la mano, mientras la excitación y la curiosidad lo invadían.

–¿Vemos el amanecer desde esta ventana? –preguntó Lily junto a los escalones.

La luz de la luna se filtraba por la ventana, iluminando la escalera con reflejos multicolor a través del antiguo cristal.

–¿Qué amanecer? –preguntó Declan sin poder apartar los ojos del cuerpo de Lily.

Se acercó a ella y la rodeó por la cintura. Desnudo como estaba, apretó su pene erecto contra la suavidad de sus bragas.

Una gran barandilla de madera se abría ante ellos.

–Solía deslizarme por esta barandilla –susurró él junto a su oreja.

Desde atrás, vio cómo la piel de sus mejillas se tensaba por la sonrisa.

–Es más ancha de lo habitual, ¿verdad?

–Sí, además, está muy bien pulida. Mis hermanos y yo solíamos preguntarnos si estaba pensada para deslizarse por ella. Esos locos Wharton que la instalaron, ¿quién sabe en qué estaban pensando? –dijo Declan deslizando los dedos por el vientre de Lily, que se estremeció bajo su caricia.

Ella se agarró a la barandilla y lo miró sonriendo.

–No sé de dónde habré sacado la vena salvaje. Ya sabes que no puedo decir que no a un reto.

–Entonces, deslízate.

Con cierta reticencia, la soltó y se cruzó de brazos. Su erección aumentó al verla levantar las caderas y colocar el trasero sobre la brillante madera.

–¡Espera! –exclamó Declan y bajó corriendo los escalones–. ¿Quieres que te agarre? Irás mucho más rápido si no tienes que parar para ponerte de pie.

Lily abrió la boca, pero enseguida volvió a cerrarla. Sus ojos brillaron con determinación.

Se ajustó y se colocó en posición. Se movió buscando el centro de gravedad y luego se dejó caer.

Declan dibujó una enorme sonrisa en su rostro al verla abrir los brazos y se preparó para recogerla.

Al llegar al final de la barandilla, la tomó en sus brazos y el impacto hizo que rodaran por el suelo.

Ambos rompieron a reír.

–¿Estás bien? ¿Te has hecho daño? –preguntó Lily una vez se quedaron parados.

–No siento nada –dijo Declan hundiendo el rostro en el cuello de ella–. Pero creo que he perdido el preservativo.

–Será mejor que lo encuentres. Y rápido –dijo y comenzó a acariciarlo.

Luego, se colocó encima y lo besó en la boca.

–¿Estás tratando de convencerme? –dijo él y al momento encontró el preservativo debajo de su codo izquierdo–. Lo tengo.

–Gracias a Dios –dijo ella mientras lo besaba por el pecho.

Atormentado por los movimientos de las caderas de Lily, no podía abrir el envoltorio.

–Deja que te ayude –murmuró ella y con movimientos hábiles, lo abrió y se lo colocó en el pene.

Él gimió de placer. El suelo de madera le pareció una cama de pétalos mientras ella lo dirigía hacia su interior, cálido y húmedo.

Declan deslizó un dedo bajo el sujetador blanco y el pezón se endureció al instante. Lily se arqueó hacia atrás, haciéndolo penetrarla más profundamente, hasta que apenas pudo contenerse.

«Ha confiado en mí para que la tomara en brazos».

Se le encogió el corazón. No había duda alguna de que confiaba en él como había hecho años atrás cuando había preferido ser su amiga antes que seguir los consejos de los demás.

–Bésame, Declan.

La rodeó con fuerza, incapaz de contener sus movimientos rítmicos.

Se sentía más vivo de lo que lo había hecho en años. Estaba tan excitado que apenas podía soportarlo más. Ella le hizo hundirse aún más y ocurrió lo inevitable, explotó en su interior justo en el instante en que Lily gritaba su nombre. Su voz resonó en las paredes, en la ventana, en la escalera y en su interior.

«La quiero».

Aquel pensamiento lo asaltó justo en el momento en el que alcanzaba el éxtasis. No podía ignorarlo por más tiempo.

Pero el sabor de aquellas palabras le ardía como si de veneno se tratara.

Capítulo Nueve

Al llegar a casa de su madre, Lily aún temblaba de pies a cabeza. Era casi mediodía y no tenía intención alguna de explicarle lo que habían estado haciendo en las últimas horas.

Desde el último encuentro a los pies de la escalera, Declan había permanecido en silencio, quizá tan aturdido como ella por la intensidad de lo que había pasado entre ellos.

Lily sacudió la cabeza recordando su descenso por la barandilla. Sólo a Declan podía ocurrírsele algo tan imprudente y sólo ella era capaz de llevar a cabo aquella locura.

–¿De qué te ríes? –le preguntó Declan después de apagar el motor.

–De ti, de mí, de los dos.

Un extraño brillo asomó a sus ojos.

–¿Qué quieres decir?

«Que somos almas gemelas».

–Oh, nada. Ya sabes lo locos que nos volvemos ambos cuando nos olvidamos de la civilización.

Declan pareció relajarse.

¿Por qué no podía decirle la verdad? ¿Por las fronteras familiares que los separaban? O quizá porque no quería asustarlo. La vida le había enseñado que era mejor abrirse camino con mano izquierda que con absoluta sinceridad.

Por una vez deseó dejar a un lado el tacto y el sentido común y decirle lo que sentía. Se había enamorado de él, tal y como siempre había pensado que ocurriría.

Declan extendió la mano para ayudarla a bajarse de la moto. Lily todavía sentía que le temblaban las piernas, tanto por hacer el amor como por el paseo desde la casa.

Quizá ya le había dicho lo que sentía. Si no con palabras, sí con su cuerpo y con el corazón.

—Será mejor que me vaya —dijo él sin desmontar.

—Claro —dijo ella pasándose una mano por el pelo y confiando en que su rostro no reflejara decepción—. Gracias por la cena.

—Gracias a ti —respondió él con mirada brillante.

Se quedaron en silencio unos segundos, en los que sólo se oyó el sonido de una gaviota.

—¿Te quedarás en la casa?

Las palabras escaparon de su boca con desesperación.

—No. Tengo que ir a Singapur para unas cuantas reuniones. Estaré fuera una temporada. Espero que vaya todo bien con la venta de acciones.

—Si va mal, seguramente tú te enterarás antes que yo —dijo sonriendo.

La idea de que Declan se preocupara por su empresa le daba una sensación de protección, más que de ansiedad.

Confiaba en él. La manera en que la había recogido al final de la barandilla, recibiendo el impacto del golpe y protegiéndola con sus brazos al rodar por el suelo, todavía hacía que sintiera un pellizco en el estómago. Lo había hecho para demostrarle algo.

–Cuídate, Declan –dijo inclinándose para besarlo.

Su piel se estremeció cuando sus labios se tocaron. Luego él se apartó, encendió el motor y se marchó sin mirar atrás.

Ella se quedó en el camino de entrada, escuchando el sonido de su moto alejándose y tratando de controlar todas las emociones que le había despertado.

–¡Gracias a Dios! Estaba a punto de llamar al hospital –oyó que decía su madre.

–He pasado la noche en casa de Declan.

–¿En esa casa? –preguntó su madre con expresión de horror.

–Sí, es muy cómoda desde que la arreglamos para la sesión de fotos de Macy's. Declan se ha estado quedando allí.

–¿Quiere eso decir que tiene intención de quedársela? ¿Va a vender la fábrica a Textilecom?

–Ya sabes –dijo Lily conteniendo la sonrisa–. De hecho, no hemos hablado de ello. Pero me venderá la casa y la fábrica, sé que lo hará.

«Confío en él».

Lily se rodeó con los brazos, sintiendo el fin de la mañana. Aún llevaba la misma camiseta que el día anterior.

–Me imagino que habrá sido peligroso montar en esa horrible máquina en la oscuridad. Y esa casa es enorme –dijo su madre apretando los labios–. Tiene muchas habitaciones.

«Sí, mamá, he dormido con él», pensó y contuvo de nuevo una sonrisa.

–Dios mío, Lily, si no te conociera bien, pensaría que te has dado un golpe. ¿Cómo se te ocurre pasearte con ese hombre para que te vea toda la ciudad?

La ira la sacó de su ensimismamiento.

–Declan Gates tuvo una infancia horrible y para colmo tuvo que sufrir la crueldad de la gente de esta ciudad, incluida yo. No sólo ha sobrevivido, sino que ha alcanzado un gran éxito. Me siento orgullosa de que me vean con él.

–Pero leíste esos artículos. Es despiadado. ¡No tiene escrúpulos!

–No lo es. Tiene su propio código de honor. Sólo tienes que saber leer entre líneas para darte cuenta de que no siente la necesidad de justificarse ante nadie.

–Bueno, bueno, bueno. Si no te conociera…

Lily sonrió.

–¿Te apetece un té?

La reunión de Lily con los abogados transcurrió sin problemas. Todo estaba listo para la oferta pública de venta de acciones de Home Designs, Inc. en la Bolsa de Nueva York para el último día de agosto. Tan sólo quedaban tres semanas.

No había sabido nada de Declan, pero por alguna razón, un hilo de esperanza la unía a él, a pesar de los miles de kilómetros que había a Singapur. No había promesas entre ellos, ni siquiera tácitas, tan sólo una profunda conexión que ella había tratado de romper, aunque nunca había sido capaz de hacerlo realmente.

Necesitaba poner toda su energía en su nueva y floreciente empresa y prepararse para lo que iba a ser un período de expansión.

Las nuevas colecciones llegarían a Macy's en septiembre y un montón de anuncios saldrían en periódicos y revistas de todo el país, dándole a su compañía publicidad a nivel nacional.

No tenía tiempo para preocuparse de lo que podía o no podía pasar entre Declan Gates y ella.

Hasta que no le bajó el período.

Eran casi las siete de la tarde y casi todo el mundo se había ido de las oficinas de Home Design ubicadas en una casa de piedra de Boston. Tan sólo quedaba Lily, que se resistía a volver a casa sola.

Se sentía más segura en su espaciosa y luminosa oficina, rodeada de ordenadores y carteles.

Sobre la mesa tenía la prueba de embarazo, que había dado positivo.

Marcó el número de su hermana y al instante oyó su saludo.

—¿Hola?

—Soy Lily —dijo apretando el auricular contra la oreja.

Su hermana, Katie, no era buena guardando secretos. Los gritos de fondo de sus gemelos de un año elevaron su presión arterial.

—Espera un momento. ¡Tommy, deja eso! No te comas la comida de los gatos.

Lily se llevó la mano a la frente.

—Lo siento, Lily —continuó Katie—. ¿Qué tal va todo? Debes de estar muy ocupada con todo eso de la venta de las acciones. Yo no paro de cambiar pañales. He pensado en usar ésos que se lavan, pero sólo los recogen una vez por semana y…

—Katie, estoy embarazada –soltó Lily, consciente de que su hermana podía continuar hablando.

—Le dije a Harry que no me importaba… ¿Cómo?

—Estoy embarazada.

—¿De un bebé?

El tono de incredulidad la hizo reír.

—No, si te parece de un extraterrestre. ¡Pues claro que es un bebé!

Respiró hondo, con una extraña mezcla de felicidad y temor.

—No dijiste nada en la barbacoa de la semana pasada –dijo e hizo una pausa antes de continuar–. ¿Con quién estás saliendo?

Lily se puso de pie y se pasó la mano por el pelo.

—Con Declan Gates.

Hubo una pausa tan larga que pensó que la llamada se había cortado.

—¿Te refieres a Declan Gates? ¿De la familia Gates? ¿El que llevaba una serpiente roja tatuada en el brazo?

Lily cerró los ojos.

—Declan no tiene tatuajes. Ése era su hermano mayor, Ronnie.

—Oh, Dios mío.

—Empiezo a arrepentirme de haberte llamado para que me apoyaras.

Lily se acercó a la ventana y miró a la calle. La gente caminaba por las aceras como cualquier otro día.

—Lo siento, es sólo que me he quedado alucinada. ¿Cuándo te has acostado con Declan Gates?

—Hace un par de semanas. Y quince días antes también. Debí de quedarme embarazada la primera vez porque ya he tenido una falta, pero he estado tan ocupada que no había reparado en ello.

–¿Y qué vas a hacer ahora? –preguntó Katie con voz temblorosa.

Lily sabía que a su hermana le había costado tener hijos y por ello, Lily pensaba que aquel embarazo era un regalo.

–Voy a criarla para que sea tan fuerte como su madre.

Katie rompió a reír.

–¡Qué tranquila eres! Yo estaría hecha un manojo de nervios. Pero es cierto que eres fuerte.

–Será mejor que lo sea. Al menos, los negocios van bien, así que ni el bebé ni yo tendremos problemas económicos.

–¿Y qué hay de Declan? –dijo pronunciando su nombre con desprecio–. ¿Cómo demonios pasó? ¿Te acostaste con él para que te vendiera la casa y la fábrica?

–¡Katie, claro que no! Me acosté con él porque…

«Porque lo amo».

–No lo sé. Sencillamente ocurrió.

–¿Eres mi hermana pequeña Lily o ha sido abducida?

–Katie. ¡Esto es serio!

–Ni que lo digas. ¿Se lo has dicho?

–Todavía no. No puedo decírselo por teléfono y está en Singapur hasta finales de mes. Prefiero esperar hasta que salgan a la venta las acciones para decírselo. Estoy tan ocupada y estresada que no quiero tener que preocuparme de nada más ahora.

–Es una buena idea esperar. Uno de cada cuatro embarazos acaba en aborto antes de las doce primeras semanas.

Su hermana había sufrido dos abortos antes de tener a los gemelos.

–Voy a cuidarme. Sé que suena extraño, pero estoy preparada para esto. Quizá sea por tus bebés, el caso es que estoy deseando tener los míos.

–Me estás asustando, Lily Wharton. ¿Has estado bebiendo el licor de los Gates?

Lily carraspeó.

–Fue sólo un trago y eso no tiene nada que ver con esto.

–Siempre sentiste algo por Declan Gates, ¿verdad? Ahora que lo pienso, siempre te defendías de los rumores en el instituto. ¿Recuerdas cuando se rumoreaba que había seducido a una chica y la había dejado embarazada?

Cómo olvidarlo. Ella misma lo había iniciado.

–Bueno –dijo Lily respirando hondo–. Ahora es verdad.

–Mamá se llevará un disgusto.

–Sí –dijo sintiendo un nudo en el estómago–. ¿Te importa no decir nada de momento? Quiero que Declan sea el primero en saberlo. Después de ti, claro. Tenía que decírselo a alguien o iba a volverme loca –añadió mirando la gente en la calle–. Además, no quiero que afecte a mi empresa. Ya sabes cómo se pone la gente sobre las mujeres trabajadoras y la maternidad.

–Buena idea. Mis labios están sellados. Quizá así pierda algunos de los kilos que gané con el embarazo.

–Ha sido una buena idea llamarte. Siempre me haces ver que el mundo no gira alrededor de mí.

–Claro, porque gira alrededor de mí. ¡Te quiero!

Lily sacudió la cabeza y colgó. Sonrió llevándose la mano al vientre. Dentro de ella, los genes de los Wharton y los Gates se estaban uniendo para crear a una nueva persona, toda una novedad después de años de ira y resentimiento entre las dos familias que había hecho imposible la amistad entre Declan y ella.

Una prueba de que las cosas podían cambiar.

¿Qué pensaría Declan?

Cuando llegara el momento se lo diría y, fuera cual fuera su reacción, se lo tomaría con calma. Hasta entonces, tenía que ocuparse de su empresa y de la venta de acciones, ahora que iba a tener un hijo al que sacar adelante.

Capítulo Diez

–Hoy es el día –dijo Lily mirando su imagen en el espejo.

Tenía las mejillas sonrojadas, por la excitación y los nervios y posiblemente también por el embarazo.

–Venga, Lily. La campana no espera a nadie –dijo Rebecca, su secretaria, desde el otro lado de la puerta.

Su equipo había viajado con ella a Manhattan para estar presente en la apertura de la jornada de la Bolsa de Nueva York, donde, por ser la propietaria de una compañía que salía a Bolsa por primera vez, tenía el honor de tocar la campana, dando inicio a las operaciones.

–Ya voy.

–Estás preciosa –dijo Rebecca caminando a su lado–. Lo que es estupendo, teniendo en cuenta que te verán en todo el mundo.

–Gracias. Estoy muy nerviosa –sonrió.

«Me pregunto si Declan me verá», pensó mientras salía al ruidoso parqué bursátil, lleno de pantallas de ordenadores y los corredores dispuestos a iniciar el día.

No lo había llamado ni una sola vez. Había pensado hacerlo varias veces, pero ¿cómo llamarlo para saludarlo y no decirle lo del embarazo?

Así que lo más sencillo era no llamarlo. Y él tampoco la había llamado.

Sí, le dolía. Cada vez que oía el teléfono pensaba que era él, pero nunca era así.

Después de la salida a Bolsa de su empresa, le llamaría para decirle que tenía el dinero. ¿Qué pasaría después?

Se sintió nerviosa al pisar la plataforma desde la que iba a hacer sonar la campana.

—Lily Wharton, soy John Train, presidente de la Bolsa de Nueva York.

—Encantada de conocerle —dijo esbozando una sonrisa—. Es un gran honor.

El último Wharton que había estado allí había sido su bisabuelo Merriwether Wharton, que se suicidó tirándose por la ventana después de perder en una semana la fortuna familiar en 1929.

Por primera vez desde entonces, las cosas parecían ir bien para los Wharton.

A las nueve en punto apretó el botón que hacía sonar la famosa campana.

Dave, su asesor, se acercó a ella.

—Que empiece la locura —le susurró al oído.

Después, estrechó la mano de los que la acompañaban en la plataforma, aliviada de que todo estuviera en marcha.

Mientras bajaban la escalera, Dave ya estaba pendiente de los primeros datos, que eran muy buenos.

Se las arregló para mostrarse tranquila ante los periodistas y luego observó los monitores, mientras el precio de las acciones subía. Cada vez que veía variar el valor de las acciones en los monitores, sentía un vuelco en el corazón. Era excitante ver cómo su fortuna aumentaba o disminuía, al antojo de los compradores.

La mañana pasó deprisa y el valor de capitalización de su compañía creció superando el límite de los treinta y cinco millones. A las once, puso a la venta las acciones que se había reservado para ella por valor de tres millones de dólares, suficiente para comprar la casa. La fábrica la compraría a nombre de la compañía, pero la casa iba a ser propiedad de ella.

El futuro que había soñado para Home Designs y para su querido Blackrock estaba a punto de hacerse realidad.

Declan se inclinó hacia delante en su asiento. El sol de la tarde se reflejaba en las pantallas de los ordenadores e impedía leer en ellas. Estaba especialmente interesado por la de la derecha, en la que estaba siguiendo la evolución de Home Designs, Inc.

—Compra otras diez mil —murmuró en el teléfono—. Y otras diez mil más si baja de veintiuno.

Quería mantener el precio de veintiún dólares.

Se recostó en el sillón y estiró el cuello. No lo estaba haciendo por ninguna causa altruista. Era demasiado testarudo y frío para eso. No, sencillamente le preocupaba el valor de su parte en la compañía.

No sabía de telas ni de cortinas, pero le había dedicado tiempo al proyecto de Lily. Los balances económicos de Home Designs eran muy buenos y la estrategia de la compañía auguraba un rápido crecimiento. Además, sabía que Lily y cualquier cosa que tuviera que ver con ella sería una excelente inversión a largo plazo.

Declan sonrió al ver que el valor de las acciones subía medio punto. Luego subió medio punto más y al momento volvió a subir.

Se llevó el auricular a la boca.

–¿Qué está ocurriendo?

Desde el parqué de la Bolsa, Tony murmuró algo ininteligible y luego habló por el teléfono.

–Textilecom acaba de comprar cincuenta mil acciones.

Declan se incorporó.

–¿Es la primera compra que hacen?

–Han estado comprando desde la apertura de la sesión. Ya tienen el once por ciento.

–Compra más –dijo Declan poniéndose de pie–. Todo lo que puedas. No quiero que Textilecom tenga un gran porcentaje.

–Pero el precio acaba de llegar a veinticuatro dólares.

–No me importa. Sigue comprando.

Se acercó a la ventana. ¿Cómo había permitido que Textilecom comprara tanto? Sabía que tenían el ojo puesto en la compañía de Lily. Hacerse con Home Designs, que ya contaba con una reputación de buena calidad y diseño, era más barato para Textilecom que mejorar sus propios productos.

La empresa de Lily había crecido durante el último año y vender sus productos en Macy's iba a generarle un incremento de ventas. ¿Por qué no iba a querer Textilecom un trozo de aquel suculento pastel?

Había leído el folleto de venta de acciones y aunque había algunas medidas para evitar ser absorbida, sabía que en la práctica eso tan sólo retrasaba el proceso de toma de una compañía, pero no lo evitaba.

Sabía que Home Designs había emitido acciones por el cuarenta y nueve por ciento de su valor, pero con eso Lily no podría comprar la casa. Tendría que vender sus acciones para comprarla, lo que haría que su participación en el capital de la compañía descendiera por debajo del cincuenta por ciento.

Se le encogió el corazón. De ninguna manera permitiría que una compañía de segunda se hiciera con la empresa de Lily.

—¿Cómo vamos?

—Ocho millones y subiendo. ¿Quieres parar?

—No, sigue. ¿Qué va a hacer Textilecom?

—Se mantendrá hasta los veintisiete, luego empezará a vender.

Declan se pasó la mano por el pelo y sonrió. Seguramente tenían pensado seguir comprando una vez el precio cayera.

—Sigue comprando hasta el cierre.

—¿Independientemente del precio?

—Ya me has oído.

—De acuerdo.

La campana sonó, anunciando el cierre de la sesión.

—¡Cuarenta y dos dólares por acción al cierre! —exclamó Lily, sin apenas creérselo.

El día acababa con una capitalización de su empresa de sesenta y tres millones de dólares. Más de lo que había imaginado.

Si hubiera sabido que el precio subiría tan alto, habría esperado hasta la tarde para vender las acciones que necesitaba para comprar la casa. Pero no importaba. Ya tenía el dinero suficiente para comprársela a Declan.

Home Designs rehabilitaría la fábrica y la compañía crecería. Todo estaba saliendo como esperaba o incluso mejor.

—Ha sido una tarde frenética. Home Designs es una compañía atractiva. ¿No me digas que te sorprende? —le dijo su *broker*.

—No, claro que no —contestó sonriendo—. Es sólo que parece demasiado bueno para ser verdad.

—Lily, Joe, hay algo extraño —dijo Dave, el gerente de Home Designs, acercándose a Lily y al *broker*, con un montón de papeles en las manos—. Al parecer, muchas acciones han sido adquiridas por un mismo inversor.

Lily se quedó helada.

—Textilecom. ¿Seguro que las medidas para evitar la absorción han funcionado?

—No es Textilecom —dijo Dave revolviendo entre los papeles—. Las adquisiciones las han hecho cinco compañías diferentes.

—¿Cuáles? —preguntó Lily conteniendo el aliento.

—Todas controladas por Declan Gates.

Lily se giró para mirar al gerente, que siguió rebuscando en los papeles.

—¿Cuánto ha comprado? —preguntó con voz calmada.

Quizá Declan quisiera compartir su éxito. Era en interés de Declan por lo que tenía que conseguir un buen precio por las acciones.

–El cincuenta y uno por ciento –respondió Dave.

Lily se quedó boquiabierta. Todo pareció quedarse en silencio a su alrededor. Declan había comprado la mayoría de las acciones de la compañía, suficientes para hacerse con el control.

–¿No te diste cuenta de lo que estaba pasando?

–Lo siento, pero no –respondió Dave contrariado–. Fue comprando en pequeños bloques y, como he dicho, lo hizo a través de cinco compañías diferentes. ¿No es Declan Gates amigo tuyo?

–Amigo no es la palabra que usaría.

Tenía que dar con él y...

–Rebecca, llámale a su oficina.

–Su *broker* está ahí abajo por algún sitio. Probablemente esté hablando con él por teléfono.

–Encuéntralo.

Lily paseaba por la oficina de su *broker* tratando de imaginar lo que Declan querría hacer con su compañía.

Rebecca asomó la cabeza.

–Declan está en Nueva York, en su oficina del World Financial Center.

–¿En serio? –dijo Lily mirando por la ventana hacia los edificios del World Financial Center–. ¿En dónde? Voy para allá –dijo tomando el bolso y el maletín.

–En el edificio cuatro –contestó Rebecca nerviosa–. En la planta veintinueve. ¿Quieres que vaya contigo?

–Te agradezco que quieras acompañarme, pero prefiero hablar con él a solas. Lo que sí puedes hacer es buscarme el nombre de un buen abogado para que me defienda por un cargo de lesiones.

Rebecca se mordió el labio inferior y se hizo a un lado para dejar pasar a Lily. El gerente había desaparecido con la excusa de ocuparse de algún asunto urgente. Tampoco podría haber hecho nada de haber sabido que Declan estaba detrás. Después de todo, era un mercado libre.

Lily se anunció al guarda de seguridad de la recepción con voz firme y segura. El hombre llamó a la oficina de Declan y repitió su nombre.

¿La recibiría Declan? ¿Se atrevería a hacerlo? Sus dedos apretaron el asa del maletín.

–Suba.

Su corazón latió con fuerza al atravesar el vestíbulo de mármol.

El viaje en ascensor se le hizo eterno, mientras buscaba las palabras adecuadas que expresaran la furia y la sensación de traición que le invadían.

Las puertas se abrieron y recorrió el pasillo enmoquetado hasta que llegó junto a la puerta de Magnets Holdings. Trató de girar el picaporte, pero estaba cerrada. Estaba a punto de llamar con los nudillos, cuando la puerta se abrió y apareció Declan, con camisa blanca y pantalones oscuros. Su expresión era seria.

–Hola, Lily.

Había ensayado qué decir desde que saliera del edificio de la Bolsa, pero se le olvidaron las palabras al verlo. La última vez que se habían visto habían compartido risas y aquel recuerdo asaltó su cabeza con pesar.

–Pasa –dijo él haciéndose a un lado y apartando la vista de su rostro.

Lo siguió hasta su despacho, con vistas al río Hudson. En un rincón, una impresora no dejaba de arrojar papeles y los monitores mostraban cifras en continuo baile.

No había nadie más allí.

–Enhorabuena, Lily –dijo con ojos brillantes.

–¿Por qué?

–Por tu éxito en Bolsa –dijo sonriéndole y sacando una botella de champán de un pequeño frigorífico.

–Estás bromeando, ¿verdad?

Su tono era frío.

–Has cerrado a cuarenta y dos dólares por acción. Eres una mujer rica.

–¿Crees que me importa? Sé lo que has hecho, Declan. Te has quedado con las acciones de mi compañía.

Él frunció el ceño.

–He invertido en ti.

Lily dejó escapar una amarga carcajada.

–¿Invertido? Me has comprado. Te has quedado con el cincuenta y uno por ciento. No me digas que es sólo una coincidencia. Se ve que no era suficiente que te quedaras con parte. ¡No! Querías quedarte con más de la mitad de mi compañía.

Lily sintió que las lágrimas asomaban a sus ojos y trató de contenerlas.

–¿Por qué, Declan? –continuó–. Si querías vengarte, ya lo hiciste. Te acostaste conmigo. Tú, tú… Hiciste que confiara en ti. ¿Y ahora me haces esto? ¿Era éste el plan que tenías pensado?

Declan se quedó mirándola sorprendido.

–Compré las acciones para ayudarte.

–¿Para ayudarme a perder mi compañía? Oh, muchas gracias. Y ahora, ¿qué es lo siguiente? ¿Echarme?

–No –contestó él y dejó la botella sin abrir en la mesa–. Textilecom estaba comprando todas las acciones. Era evidente que estaba tratando de hacerse con el control, así que intervine para evitarlo. Es lo que en el negocio llamamos maniobra de caballero.

El reflejo del sol hizo brillar sus ojos grises y Lily sintió que una gran emoción la invadía.

Pero no iba a dejar que la sedujera de nuevo.

–¿De caballero? ¿Te refieres a acudir al rescate con tu ejército y quedarte con mi compañía?

–No quiero quedarme con tu compañía –añadió rodeando la mesa y acercándose a ella.

–Sí que quieres quedártela. Y conmigo también. Dices que eres un caballero. Pues bien, te he visto con la espada en acción y sé qué clase de caballero eres, Declan Gates.

Él se quedó pensativo, evidentemente confuso.

–Era sólo una manera de hablar, un juego.

–Es un juego para ti. Esta compañía es mi vida. He trabajado día y noche durante años para llegar hasta donde estoy hoy –dijo levantando la voz, dejándose llevar por la emoción–. He luchado por llevar la compañía a Blackrock y salvar la ciudad antes de que fuera demasiado tarde.

Declan se pasó la mano por el pelo. Su rostro se mostraba contrariado.

–Lo sé. Por eso no quería dejar que Textilecom te comprara.

Lily dejó escapar un suspiro de disgusto.

–No creo que Textilecom tuviera intención de hacerse con Home Designs. Tampoco creo que quieran comprar la fábrica. Creo que te has inventado toda esta farsa para justificarte. Y si de veras querías salvar mi compañía de Textilecom, ¿por qué tenías que comprar más de la mitad de la compañía? –preguntó sosteniéndole la mirada.

El dolor y la ira le hacían difícil seguir hablando.

La expresión de Declan se ensombreció. Abrió la boca, pero no dijo nada.

–Porque querías ganar a toda costa –continuó Lily–. Eso es lo único que te importa, ¿verdad? Sabías que no me gustaría, pero tenías que hacerlo, tenías que quedarte con mi compañía, del mismo modo en que te quedas con todo lo que deseas.

«Incluida yo y nuestro bebé».

Aquel pensamiento la pilló por sorpresa. Había estado tan ocupada durante todo el día que no había reparado en la vida que crecía en su interior.

Llevaba semanas esperando para decírselo a Declan, preocupada por cómo reaccionaría. Ahora estaba allí, en la misma habitación que él.

«Tengo que irme».

No podía permanecer allí y no contárselo, pero no podía decírselo en aquel momento, no cuando había demostrado su poder sobre ella de aquella manera tan despiadada.

Tomó el maletín y lo sujetó contra el pecho a modo de escudo.

–No tenías por qué seguir la operación de venta de mis acciones. No te pedí ayuda. Pero, claro, tenías que hacerlo. Ya me tienes donde querías, debiéndote una gran cantidad de dinero –dijo y las lágrimas comenzaron a rodar por sus mejillas–. Ya no eres un niño al que tengan que decirle lo que debe hacer. Eres un hombre que toma sus propias decisiones. Y decidiste, con sangre fría y después de seducirme, que me robarías mi compañía.

Lily dio un paso atrás hacia la puerta antes de continuar.

–Tengo dinero suficiente para comprarte la casa y la fábrica, pero tú tienes poder para quitármelas de nuevo y hacer con ellas lo que quieras. Cuando me dijiste que querías que se cayeran al mar, no te creí. Pero ahora sí.

Durante todo el tiempo en que estuvo hablando, Declan permaneció perplejo.

–Lily, no lo entiendes –dijo pasándose la mano por el pelo y acercándose a ella.

Al percibir su olor, Lily recordó los momentos de intimidad que habían compartido y volvió a dar un paso atrás. No podía dejar que la rozara. Si lo hacía, podía venirse abajo y enamorarse de él de nuevo. Tenía que mantenerse fuerte.

Desesperada por huir de su magnetismo, corrió a la puerta, tratando de contener las lágrimas.

–¡Espera! –dijo agarrándole el brazo.

Ella trató de soltarse y el pánico se acumuló en su pecho.

Sus ojos se encontraron. Luego Declan la soltó y ella salió de la oficina corriendo hasta el ascensor.

La había seducido, había hecho que cayera rendida a sus pies y luego le había robado la compañía.

La letra pequeña redactada para impedir que perdiera el control de su compañía no había sido impedimento para alguien a quien le movía sus ansias de revancha.

Las puertas del ascensor se abrieron y entró. Dos hombres trajeados se quedaron mirando su rostro lloroso, pero ella trató de mantener la compostura. Cualquier comunicación con Declan Gates la haría a través de abogados.

¿Cómo algo que parecía tan bonito se había convertido en aquello? Había llegado a soñar con un futuro en común, en el que criarían juntos a su hijo en la casa.

En lo que a Declan Gates se refería, tenía que haber seguido el consejo de su madre y haberse mantenido alejada de él. El peligroso Declan, como solían llamarlo. Demasiado salvaje y guapo para ser prudente.

Se rió con amargura al salir a la calle y escuchar el sonido del tráfico.

Había aprendido la lección. Nunca más volvería a confiar en Declan Gates.

Capítulo Once

Declan se quedó mirando la puerta con la que le había dado Lily en las narices. Su piel estaba sudorosa y sentía la adrenalina en los músculos. Deseaba correr tras ella, detenerla y poderse explicar.

¿Pero explicar qué? ¿Que tenía razón?

Se dio media vuelta y resopló. El sol que se estaba poniendo tras la Estatua de la Libertad deslumbró sus ojos. ¿Qué había hecho?

Cuando Tony le dijo que Textilecom se estaba haciendo con las acciones de Lily, se había puesto en guardia.

Comenzó a pasear por su oficina. El teléfono empezó a sonar, pero lo ignoró.

Se había sentido bien comprando todas aquellas acciones y mucho mejor, saliendo en defensa de Lily.

Se sentía avergonzado y culpable por haber comprado más de la mitad de la compañía de Lily.

Ella tenía razón. Le gustaba ganar. Era así como le gustaba el juego. Podía haberla protegido de Textilecom igualando su participación. Incluso con una llamada podía haber detenido aquella compra. Ningún empresario se atrevía a enfrentarse cara a cara con Declan Gates.

Pero no. Como un amante celoso, había apartado a los otros inversores y se había hecho con una gran cantidad de acciones. No había parado hasta hacerse con el cincuenta y un por ciento del capital, asegurándose de que nadie, ni siquiera Lily, se quedara con más porcentaje que él.

Tiró de la corbata para aflojársela al sentir un nudo en la garganta. ¿Acaso había pensado que eso la alegraría?

No, no la había tenido en cuenta en absoluto. Había saboreado la victoria, tal y como había imaginado hacer desde el momento en que supo de sus planes de comprarle sus inmuebles en Blackrock.

Diez largos años y a punto había estado de olvidarse de Lily Wharton. Se había forjado una vida de gran riqueza y cierta popularidad lejos de Maine. Casi había logrado olvidar aquellos ojos color avellana y el gesto arrogante de su barbilla.

Pero entonces ella había aparecido como una ráfaga de viento veraniego y lo había lanzado tan lejos que ahora no sabía cómo regresar.

Había querido vengarse de ella por la frialdad con que una vez lo había tratado. Había seducido a la perfecta Lily Wharton y había disfrutado ante la idea de hacerse con el control de su compañía.

Luego se había perdido entre recuerdos, deseos y esperanzas que parecían querer unirlo a ella, quisiera o no.

Pero cuando había llegado la ocasión de triunfar, no había sido capaz de detenerse. Sus instintos asesinos se habían hecho con él. Ahora, eso iba a suponerle perder a la única mujer a la que siempre había deseado.

Al llegar a la salida del garaje, el empleado le pidió que le mostrara su pase. Declan se quitó el visor del casco y lo miró con enojo.

–Señor Gates, es usted… –titubeó el muchacho–. Nunca había visto a nadie montando en una de ésas con traje.

–Siempre hay una primera vez para todo.

El joven subió la barrera y Declan salió a la calle. Condujo de modo agresivo, cambiando bruscamente de carril y pasando entre los coches mientras se dirigía por la autopista hacia Nueva Jersey.

Sabía que Lily se habría ido a Maine. Ése era su hogar, su guarida en mitad de la tormenta.

Incluso si la tormenta era él.

Cuando Declan llegó a Blackrock, era casi medianoche y llovía. Un frío viento soplaba sobre los acantilados.

Su casa estaba oscura, fría y vacía, tal y como había querido que fuera hasta que Lily apareció.

Dejó la moto en el garaje y se dirigió a la puerta principal. No podía resistirse a mirar hacia el acantilado que había al otro lado de la pequeña ciudad sobre el que se ubicaba la casa de los Wharton, tan alta como la suya.

Había luz en una de las ventanas del piso superior, así que Lily debía de estar allí.

Tenía que verla. La adrenalina comenzó a fluir por

sus venas y se puso en marcha. Se subió a la moto, encendió el motor y salió a la oscuridad de la noche sin luna. Había empezado a llover y cada vez lo hacía con más fuerza.

No podría dormir hasta que hablara con ella. ¿Le creería? ¿Le perdonaría?

Al llegar al camino que llevaba al acantilado, una mancha de aceite hizo que la moto patinara y derrapara hacia el quitamiedos. Al recuperar el control de la moto, se dio cuenta de que había olvidado ponerse el casco.

Se había comprado uno nada más dejar a Lily aquel día. Ella había insistido en que lo hiciera y en que nunca montara en moto sin él. Había sido la primera persona en decírselo.

Con el pelo mojado cayéndole sobre los ojos, se dio cuenta de que había otra cosa sobre la que ella tenía razón y que acababa de estropear.

Lily se había tranquilizado durante el vuelo desde Manhattan. Su madre la había recogido en el aeropuerto y le había contado sin ningún entusiasmo y en los términos más sencillos posibles lo que Declan había hecho. Su madre le había respondido diciendo que era lo menos que se podía esperar de Gates.

Lily no le contó a su madre que estaba embarazada de Declan. Mientras conducían de vuelta, se arrepintió de no haberse quedado en su apartamento de Boston.

Una vez en casa, se disculpó y subió a su habitación. Se tumbó en la cama y se quedó mirando al techo y oyendo la lluvia salpicar en la ventana.

Su alegría por la exitosa salida a Bolsa de su compañía se había desvanecido por culpa de lo que Declan había hecho. No sabía si se había tratado de una compra hostil o si tan sólo pretendía demostrarle que podía controlarla. De cualquier manera, lo cierto era que no quería volver a verlo en su vida.

¡Justo cuando todo parecía tan perfecto! Su compañía prosperaba y sus planes para reconstruir Blackrock estaban en marcha. Su antiguo amor estaba de nuevo en sus brazos y llevaba su bebé en el vientre.

Remordimiento y pesar llenaban su corazón. ¡Qué tonta había sido!

El sonido de unos golpes en la puerta la sobresaltó y se secó las lágrimas.

—¿Qué? Estoy durmiendo —mintió.

—Declan Gates está en la puerta —dijo su madre, evidentemente enfadada.

El pánico se apoderó de ella, unido a otra extraña sensación que no quería analizar. No quería verlo.

—Dile que se vaya. Es más de medianoche.

—Encantada. ¿Qué clase de salvaje vendría a esta hora de la noche?

Había ido a medianoche y en mitad de la lluvia. Algo se agitó en su interior.

Escuchó la voz aguda de su madre al pie de la escalera, pero no pudo entender lo que decía por el sonido de la lluvia. Luego oyó cómo su madre cerraba la puerta y regresaba a la cocina, murmurando algo.

El estruendo cesó. ¿O acaso había sido la moto de Declan? El sonido la hizo estremecerse al recordar aquella vez, muchos años atrás, en que había ido a decirle que se iba.

Se quedó a la espera de que volviera a sonar, pero tan sólo escuchó el sonido de la lluvia y de las olas.

Un golpe en la ventana la hizo incorporarse. ¿La rama de un árbol? No, no había ningún árbol cerca de la casa.

Se sentó en la cama y se quedó escuchando con atención, rodeándose con los brazos. Tenía la extraña sensación de que alguien la estaba observando.

Un sonido más fuerte en la ventana la hizo levantarse sobresaltada. Se dio la vuelta y vio la cara de Declan al otro lado del cristal.

¿Cómo demonios había subido hasta la ventana del segundo piso?

—Déjame entrar.

Apenas podía entender sus palabras.

—No.

Debería cerrar las cortinas, pero ¿por qué no lo hacía?

Oyó un chasquido y una de las hojas de la ventana se abrió.

—No son seguras —dijo Declan abriéndola.

Lily sintió que le daba un vuelco el estómago por el miedo y la excitación.

—Vete.

—No creo que sea posible. Al menos no sin dar un gran salto. Por cierto, creo que sin querer he sacado un tubo de desagüe de la pared.

Lily abrió los ojos como platos y se acercó a la ventana.

Declan estaba agarrado al árbol con las dos manos y miró hacia el lugar donde debería estar el tubo de desagüe.

146

–¿En qué te estás apoyando?

–En nada –contestó él, tratando de sujetarse mejor al alféizar de la ventana–. Sálvame la vida y déjame entrar –añadió.

Lily contuvo las ganas de tomarlo del brazo y tirar de él.

–Venga, entra –dijo Lily apartándose de la ventana.

Le latía el corazón con tanta fuerza que estaba segura de que podía oírlo. Le haría atravesar la habitación para bajar por las escaleras.

Declan entró por la ventana. El pelo mojado le cayó sobre los ojos y la camisa blanca estaba completamente empapada, al igual que los pantalones negros, que empezaron a chorrear sobre la alfombra.

Bajo la camisa, se adivinaba la mata de vello que recorría el centro de su torso, además de los músculos que le habían permitido escalar la fachada.

–Ahí está la puerta –dijo ella, señalando con la cabeza.

–Me equivoqué.

–Por favor, sal de mi habitación.

–Tan sólo escúchame –dijo acercándose y embriagándola con su aroma masculino.

–No quiero volver a oír una palabra tuya nunca. Sal de aquí –dijo Lily señalando hacia la puerta, con dedo tembloroso.

–Te devolveré tus acciones –dijo mientras goteaba el agua por su mentón–. Te daré la casa y la fábrica.

Aquellas palabras se quedaron flotando en el ambiente.

Lily lo miró fijamente. La incredulidad dio paso rápidamente a la suspicacia.

–¿De veras crees que voy a creerme lo que me dices? ¡Mírate! Has invadido mi habitación y ahora estás aquí, mojándolo todo y haciendo promesas que no tienen ningún valor. Querías vengarte de mí y lo has hecho. No es culpa mía si eso no te satisface.

Declan se apartó el pelo mojado del rostro.

–Tienes razón en todo. Buscaba venganza.

Lily se quedó de piedra. ¿Hacer el amor con ella también era parte de aquel cruel plan?

Se le doblaron las rodillas y sintió que el corazón se le rompía en pedazos. Él se quedó mirándola, con expresión indescifrable.

–Podía haberte vendido la casa directamente, podía haberte pedido un precio justo sin necesidad de sacar tu compañía a Bolsa –comenzó a decir Declan y bajó la mirada–. Eso hubiera sido lo correcto, pero no lo hice –añadió y volvió a mirarla a los ojos–. Quería que me prestaras atención, quería que me necesitaras.

Lily sintió que se le encogía el corazón y se rodeó con los brazos, consciente más que nunca del hijo que crecía en su interior.

¿Cómo reaccionaría si lo supiera?

–Has logrado tu objetivo –dijo conteniendo las lágrimas y tratando de mantener la voz calmada–. Supongo que te sentirás satisfecho.

Declan la miró con ojos atormentados.

–No –dijo sacudiendo la cabeza–. Me he dado cuenta de lo equivocado que estaba –dijo gesticulando con la mano, sin reparar en las gotas que caían–. Me dijiste que lamentabas haberme tratado mal cuando éramos unos críos. Incluso reconociste que fuiste tú la que se inventó aquel rumor. Fuiste lo suficientemente valiente como para contármelo. Sin embargo, yo no fui valiente para reconocer mis sentimientos.

–De que querías hacerme daño –dijo ella hundiendo las uñas en la palma de la mano.

–No. De que me había vuelto a enamorar de ti.

–Entonces, ¿por qué?

–Porque no quería enamorarme de ti –dijo entrecerrando los ojos–. No quería entregarle mi corazón a la mujer que lo había tenido en sus manos años atrás, para que volviera a rompérmelo. Un hombre no puede soportar esa clase de dolor dos veces en la vida.

Lily sintió un nudo en la garganta.

–No quería hacerte daño otra vez.

–Tú tampoco querías nada de mí –dijo él sacudiendo la cabeza–. Tuve que contenerme para evitar llamarte y venir a verte. Por una vez quería que fueras tú la que me buscara, pero no porque necesitaras nada, sino tan sólo porque me querías a mí.

–He estado ocupada, muy ocupada. Ya sabes cómo son las cosas –mintió.

–Sí, lo sé –replicó él ladeando la cabeza–. He estado muy ocupado desde que dejé Blackrock. Después, me hiciste regresar aquí y sentir cosas que no quería sentir. Cuando sacaste tu compañía a Bolsa, quise ayudarte. Pero las acciones empezaron a subir y cuando supe que Textilecom estaba comprando, se disparó mi instinto de competidor –dijo y se humedeció los labios antes de continuar–. Ahora me doy cuenta de que quise quedarme con tu compañía y contigo, para que no pudieras ignorarme y evitarme. Pero lo hice porque te quería.

Lily estaba enfadada y avergonzada. Lo había evitado. Había dejado a un lado sus sentimientos por él, se había concentrado en los negocios. Y al hacerlo, le había ocultado la noticia de que iba a ser padre.

Pero quizá había hecho bien al ser cautelosa si su manera de mostrar el amor era jugando fuerte para dominarla.

—Pues vaya manera de mostrar tu amor, Declan. Otra gente envía flores.

—Tú y yo ya hemos pasado la etapa de las flores —dijo observándola con su intensa mirada—. No sé qué es lo que sientes, pero yo voy a decírtelo. Te quiero, Lily. Olvidemos lo sucedido hace años. Te quiero por cómo eres ahora: valiente, fuerte y preciosa.

Lily se quedó de piedra, sintiendo que le ardía el pecho.

—Nada se interpone en tu camino —continuó Declan—. Tus planes para Blackrock son una prueba de lo mucho que te preocupas y de lo práctica que eres. Tu fuerza y tu energía son una inspiración. Deberías quedarte con la casa y la fábrica. No hay nadie que vaya a ocuparse de ellas mejor —añadió y llevándose la mano al bolsillo trasero del pantalón, sacó un sobre doblado—. Es para ti. Una carta prometiendo transferir la titularidad de las propiedades y entregándote las acciones.

Lily se mordió el labio inferior y se quedó mirando el sobre mojado y arrugado.

—Tómalo.

Con manos temblorosas, tomó el sobre y lo abrió. La promesa que acababa de hacerle estaba impresa en papel.

Lily se sintió culpable. Declan le había abierto el corazón y le estaba entregando unas propiedades valoradas en millones de dólares. Y eso, sin saber aún que iba a ser padre.

–Ayer me di cuenta de algo –dijo pasándose la mano por el pelo–. No quiero pasar el resto de mi vida luchando por cosas que no me importan. Tengo más dinero del que nunca necesitaré y quiero que sirva para hacer todos los cambios posibles que tienes pensado para Blackrock. Mi corazón ha estado lleno de resentimiento y amargura durante mucho tiempo.

El papel temblaba en manos de Lily. No quería seguir oyéndole, pero no podía detenerlo.

–Te quiero, Lily. Te pedí que me dieras tu confianza y lo hiciste. Pero te traicioné. Te prometo que nunca más volveré a hacerlo. ¿Podrás perdonarme?

La fuerza de sus sentimientos invadía el ambiente de la habitación mientras Lily buscaba palabras para responder.

–Sí, claro que puedo –dijo y respiró hondo–. Yo también te quiero, Declan. Ni siquiera podía reconocerlo. Creo que tenía miedo de mis propios sentimientos, de no poder mantener el control. Pero voy a decirte la verdad –añadió y levantó la barbilla–. Siempre te he querido. Nunca dejé de hacerlo. Creo que por alguna razón te he estado esperando todos estos años.

Se quedó pensativa e inconscientemente se llevó la mano al vientre.

–Estoy esperando un bebé.

Declan se quedó mirándola fijamente.

–¿Qué?

–Estoy embarazada. Debió de ocurrir la primera vez que hicimos el amor en la playa.

–Me has dicho que me quieres, ¿verdad? –preguntó con expresión de sorpresa.

–Sí –respondió confusa.

–¿Puedo abrazarte?

Aquella pregunta era una súplica. Ambos dieron un paso al frente y se abrazaron con tanta fuerza que apenas podían respirar.

Declan se apartó un poco y la miró a los ojos, que transmitían una alegría contenida.

–¿De veras estás embarazada?

Ella asintió mientras sus ojos se inundaban de lágrimas.

Declan se quedó serio y apartó los brazos. Luego dio un paso atrás y se llevó la mano a la boca, pensativo.

–No es así como me imaginé este momento –dijo antes de tragar saliva y ponerse de rodillas.

Lily sintió que se le encogía el corazón.

–Lily, mi querida Lily –dijo él tomando su mano izquierda–.Eres la única mujer a la que he amado y a la que siempre amaré –y respiró hondo antes de continuar–. ¿Quieres ser mi esposa?

Las lágrimas asomaron a los ojos de Lily mientras se las arreglaba para responder afirmativamente.

Declan se inclinó y besó su mano.

–No tengo anillo, pero te entrego para siempre mi corazón. ¿Te sirve de momento?

Lily no pudo evitar sollozar a la vez que reía.

–Claro, pero sólo si me besas en este mismo instante.

Declan se puso de pie y la tomó entre sus brazos. Sus bocas se unieron, cálidas y ansiosas, con toda la pasión que habían acumulado a lo largo de los años.

—¿Crees que podremos volver a vivir en Blackrock, Declan?

—Podría vivir en cualquier lugar siempre que fuera contigo, pero que sea aquí en esta casa. La has convertido en un hogar.

—Sé que la gente no ha sido amable contigo, pero una vez te conozcan… —dijo y antes de continuar, lo abrazó—. Tengo suerte de tenerte. Fui una idiota, pero no voy a volver a dejar que nadie me diga lo que tengo que hacer. Te quiero, Declan Gates.

—Y yo a ti, Lily Wharton.

Epílogo

Los acordes del viejo órgano resonaron en la vieja capilla de Blackrock, llenando el espacio con la melodía.

–Qué bebé más precioso. Parece un ángel.

–Gracias, señora Wintson –respondió Lily acariciando el oscuro pelo de su hijo.

El pequeño James estaba muy tranquilo aquella mañana, quizá consciente de lo importante que era su bautizo.

La simbólica unión entre los Gates y los Wharton había comenzado con la boda de Declan y Lily en otoño y ahora se había consolidado con el bebé más hermoso del mundo.

–Enhorabuena, señora Gates –dijo la señora Da Silva observando al recién nacido.

Lily todavía no se había acostumbrado a que la llamaran así. Había decidido mantener su apellido de soltera, pero al parecer, la gente de Blackrock era muy tradicional. Además, le gustaba llevar su apellido.

Declan estaba a su lado, saludando y estrechando manos, con una enorme sonrisa en los labios.

–Disculpa que tenga que hablar de negocios, Lily –dijo Flora Sampson, la directora de producción en la fábrica de Blackrock, acercándose–. Anoche acabamos el pedido de los Anderson.

–¿Conseguisteis ayuda?

–Nadie quiso irse hasta que todo estuviera acabado.

Lily sonrió. Tenía los mejores trabajadores del mundo.

–Asegúrate de que todo el mundo reciba su paga extra.

Declan no podía creer lo leales y entregados que eran los empleados de Lily. Ella los trataba como si fueran parte de su familia.

–¿Puedo tomarlo en brazos un momento? –le susurró Declan al oído.

–Sólo si primero me das un beso.

Él obedeció y Lily dejó al pequeño James en sus brazos.

–Hacéis muy buena pareja –dijo una mujer de la edad de la madre de Lily.

A la gente comenzaba a agradarle que las diferencias entre ambas familias estuviesen arregladas. Era señal de que un nuevo capítulo en la historia de Blackrock se abría.

–¿Está listo el bebé para su bautizo? –preguntó el vicario.

–Me imagino que enseguida lo sabremos –dijo Lily sonriendo sin poder ocultar su nerviosismo.

–Yo lo sostendré –dijo Declan, rodeando con su otro brazo a Lily.

La emoción lo embargaba. No estaba dispuesto a

que a su hijo o a su esposa les faltara cariño y atención. Quería que aquel niño tuviera lo mejor, pero no en posesiones, sino lo que Lily y él habían compartido de niños. La belleza de vivir en el campo, el poder del océano y la magia del ambiente, que hacían que cualquier cosa fuera posible en aquel pequeño paraíso al borde de los acantilados.

Deseo™

Escandalosa venganza

Tessa Radley

Gemma Allen había perdido la memoria y buscaba respuestas que le aclararan los misterios de su pasado. El empresario griego Angelo Apollonides estaba encantado de recordarle a su ex amante el romance que habían vivido juntos.

Pero mientras trataba de vengarse de Gemma por haberlo traicionado, Angelo descubrió algo más que una increíble pasión. La mujer que estrechaba entre sus brazos no era su antigua amante. ¡Era su hermana gemela y pretendía vengarse de él!

¿Cómo se atrevía a aparecer de nuevo en su vida la mujer a la que había echado de su cama?

Acepte 2 de nuestras mejores novelas de amor GRATIS

¡Y reciba un regalo sorpresa!

Oferta especial de tiempo limitado

Rellene el cupón y envíelo a

Harlequin Reader Service®
3010 Walden Ave.
P.O. Box 1867
Buffalo, N.Y. 14240-1867

¡Sí! Por favor, envíenme 2 novelas de amor de Harlequin (1 Bianca® y 1 Deseo®) gratis, más el regalo sorpresa. Luego remítanme 4 novelas nuevas todos los meses, las cuales recibiré mucho antes de que aparezcan en librerías, y factúrenme al bajo precio de $3,24 cada una, más $0,25 por envío e impuesto de ventas, si corresponde*. Este es el precio total, y es un ahorro de casi el 20% sobre el precio de portada. !Una oferta excelente! Entiendo que el hecho de aceptar estos libros y el regalo no me obliga en forma alguna a la compra de libros adicionales. Y también que puedo devolver cualquier envío y cancelar en cualquier momento. Aún si decido no comprar ningún otro libro de Harlequin, los 2 libros gratis y el regalo sorpresa son míos para siempre.

416 LBN DU7N

Nombre y apellido	(Por favor, letra de molde)
Dirección	Apartamento No.
Ciudad	Estado · Zona postal

Esta oferta se limita a un pedido por hogar y no está disponible para los subscriptores actuales de Deseo® y Bianca®.
*Los términos y precios quedan sujetos a cambios sin aviso previo.
Impuestos de ventas aplican en N.Y.

SPN-03   ©2003 Harlequin Enterprises Limited

Julia™

El anuncio de que el senador Kendrick tenía una hija ilegíti-
na había sido toda una sorpresa y la prensa no había tarda-
do en localizar a la misteriosa mujer con la esperanza de hacerse con una exclusiva. Pero Jillian Hadley no quería nada
de los Kendrick, hasta que éstos contrataron a Ben Garrett
para que la ayudara a dar una buena imagen de sí misma ante los medios de comunicación que querían desacreditarla.
Entonces, todo el país pudo ver al famoso relaciones públi-
cas diciéndole al oído algo a la maestra y, viendo las imáge-
nes, cualquiera diría que lo que había entre ambos era un
asunto de índole muy personal…

La hija del senador
Christine Flynn

La hija
del senador

Christine Flynn

**Aunque ahora sabía que
era hija de un rico senador,
deseaba seguir con su vida
de siempre**

Bianca™

**Estaba embarazada de un hombre
que no era como ella había creído...**

Charlotte Chandler se
entregó en cuerpo y alma a
su guapo amante, pero sus
sueños se hicieron pedazos
cuando descubrió la ver-
dad... el italiano que la había seducido era el despiadado magnate Riccardo di
Napoli. Para entonces, el
daño ya estaba hecho...

Riccardo no había podi-
do perdonar a aquella in-
glesita y no comprendía por
qué desconfiaba de él.
Charlotte sabía que, en
cuanto se enterara de que
estaba embarazada, nada
detendría a Riccardo hasta
hacerse con su hijo... y con
ella como esposa.

Destinados a amar

Cathy Williams